国家出版基金项目
NATIONAL PUBLICATION FOUNDATION

古代西南少數民族漢語詩文集叢刊·回族與土家族卷

總主編　徐希平
分卷主編　孫紀文
分卷副主編　王猛　楊學娟　丁志軍

候蟲吟草

附馮文顒詩

（下）

〔清〕馮世瀛　撰
丁志軍　整理

巴蜀書社

候蟲吟草卷九

乙卯

春日偶成

瞻蒲望杏兩無緣，寂寞春風二月天。衹有多情橋畔柳，照人青眼自年年。

桃花

竹外玲瓏笑口開，仙家風骨絶塵埃。蟠筵滿慰瑶池望〔一〕，争怪劉郎去又來。

幾度風寒爲掩門，武陵源好足成村。休教輕薄隨流水，孤負東皇長育恩。

【校記】

〔一〕『蟠筵』，《續集》作『登盤』。

初夏得家報，知黔匪犯秀山界，已爲鄉兵擊退

全蜀襟喉恃五谿，那容鼉浪走鯨鯢。兵團白芀鋒初試，膽落黄巾馬不嘶。露布飛馳千里足，當關横塞一丸泥。請纓投筆書生事，莫漫微勞競粟稊。

老松

松老鬱蒼蒼，濤聲日夜長。行來雙足健，坐久一天涼。甲脱瘦無色，脂凝寒有香。堅操誰汝似，摩拊未渠央。

雨後散步

盛夏苦炎熱，甑束天爲蓋。一雨生嫩涼，塵歊盡淘汰。遠樹鬱葱蒼，寒烟餘晻靄。散步出重關，快意恣所届。幾部蛙鼓吹，兩耳竹笙籟。溪淺緑可涉，山静青如繪。澤已三農沾，膏知

百物沛。翹首望鄉閭，路藏飛鳥外。何時趁秋風，一飽鱸魚膾。

李曉樓參戎以行樂畫册屬題，爲依次賦七絶一十六首

頻年舒嘯憶淵明，覽勝無因恨轉生。欸段花間來短轡，丹青讓與李西平。東皋覽勝

爲識高陽舊酒徒，觥籌那管布衣粗。不知雅集枌榆散，花影誰家帶醉扶〔一〕。芳疇會社

青旗摇曳夕陽斜〔二〕，紅杏村中樂趣賒。剩有金貂堪買醉，安能醒眼待梨花。杏村沽酒

慷慨曾聞擊楫謳，幾回砥柱在中流。花溪此日停橈處，忘是當年祖豫州。花溪泛船

繞屋疎槐半拂雲，就中犀角總超羣〔三〕。披圖省識詒謀遠，汗馬能兼翰墨勳。槐陰課子

蕉窻深處淨無塵，羸得羲皇物外身。鐵馬金戈渾不夢，熱場原是過來人〔四〕。北窻午睡

荷花世界夢都香，冰簟平鋪夏日長。消受者番清淨福，亭前應不悔弓藏。荷池納涼〔五〕

橘穀臨邛夢未圓，記來珠屑已成烟。洞中歲月寬閒甚，争似將軍着子先。石洞弈棋

秋日淒淒百卉腓，荻花吹滿釣魚磯。經綸怕被旁人覺，不把羊裘換薜衣。荻巷垂綸〔六〕

涵碧池清暮靄空，月華如水映簾櫳。小奚不解前身認，徒向牆陰覓草蟲〔七〕。清池玩月

殘霞落盡睡山開，載酒高登最上臺。儂亦持螯閒左手，幾時絕頂許追陪。高岡遠眺

采菊東籬興未闌，花前那覺酒杯寬。平生尚友陶彭澤，晚節憑人作畫看。菊院騁懷

踏碎瓊瑤路不歧，雙清心跡少人知。詩成寫向梅花笑，最是先生得意時。雪坪起草

少年講藝趁投戈，老去難忘蠹簡摩。青史一編隨意讀，消寒滋味此中多。寒宵讀史

曉寒題罷衍波箋，忽憶三軍挾纊年。恰有南榮暄可負，烏皮移向綺窗邊。閒庭曝背〔八〕

團欒真樂抵三公，獸炭無烟煖氣融。觸我天涯遲暮感，尊罏歸棹待秋風。紅爐圍坐

【校記】

〔一〕『帶醉扶』，《續集》作『倩婢扶』。

〔二〕『青旗搖曳』，《續集》作『青帘招展』。

〔三〕『總』，《續集》作『獨』。
〔四〕『原』，《續集》作『曾』。
〔五〕『荷池』，《續集》作『荷渚』。
〔六〕『荻巷』，《續集》作『荻港』。
〔七〕『徒』，《續集》作『競』。
〔八〕『閒庭』，《續集》作『南榮』。

秋感

不知秋遠近，天地忽商聲。瘦日陰晴幻，遥山虎豹争。苦吟悲石馬，勝算感金城。莽莽江南路，何時慶寢兵。

庭前梧月上，窻外客愁孤。燐火飛新鬼，叢祠嘯野狐。雄才誰作健，醜虜自稽誅。不信元穹意，居然悔禍無。

寒意

寒意入林薄，吟蛩宵不譁。五更秋欲盡，千里夢還家。醒後書燈澀，開門山月斜。妻孥在何處，客思滿天涯。

擬左太冲詠史八首 鄭提學觀風題

少小志匡濟，名山求異書。金匱石室藏，流覽了無餘。絳灌既少文，隨何武復踈。抗懷希管樂，抱膝守蘧廬。乘時學奮飛，六翮凌天衢。榆枋謝鳩鷃，乾坤恣所如。高空得蹭蹬，夙願成空虛。知幾幸及早，杖策歸徐徐。

豫章可梁棟，偃蹇荒山陬。樲棘本非材，翻勞匠石求。美惡隨愛憎，今古生煩憂。商顛有四皓，一出能安劉。采芝慰朝飢，誰爲拔其尤。壺關三老人，上書陳遠謀。所言雖見采，殊恩終未酬。

天道無夷險，人事有屈伸。陽九百六時，此理難具陳。魯鄒大聖賢，坎壈終其身。莽操大奸惡，富貴誰比倫。鸞凰雜雞鶩，符拔混麒麟。無恡巢與由，徜徉箕潁濱。

憶昔京洛遊，侯門作揖客。過眼多浮雲，舊聞畧可核。金張及許史，閈閎競甲宅。往來皆達宦，冠蓋紛軒赫。嘘氣燦虹蜺，伺者盈阡陌。餘光偶炙手，隆然生外熱。權勢一朝去，羅已門前設。何如嚴子陵，垂釣富春澤。風雨老一竿，進退誰拘迫。

驅車過泰岱，振衣眺八荒。秦楚戰争地，幾點烟茫茫。井陘鬭穴鼠，臧穀均亡羊。卓哉魯仲連，超然天外翔。簪紱未足羈，罻羅徒高張。抗聲責帝秦，赤手扶頽綱。仰止企芳躅，欲去重彷徨。

世儒尚目論，相士徒舉肥。豈知衡泌中，往往潛英徽。翁子困采樵，王孫泣牛衣。尚父未晚達，鼓刀屠肆歸。匿跡詎殊衆，騰聲方悟稀。千古一邱貉，西山懷采薇。

魏尚守雲中，屢摧螳螂斧。新息征側貳，銅柱揭江滸。殄賊不言勞，功成翻震主。蛾眉肆謡諑，白日生荆莽。非不遭聖明，明偏夷左股。所以張留候，蚤尋黄石伍。

百川日東逝，雙丸互西馳。流光一奄忽，少壯無還期。試看北邙山，荒塚何壘壘。半爲狐兎穴，枯骸知復誰。生平擅炎威，至此安所施。老氏貴知足，孔門尊隨時。既往雖已誤，來者猶堪追。簞瓢樂至樂，陋巷師前師。鼴鼠飲洪河，鷦鷯巢枯枝。勵兹不貪志，無詒後世嗤。

十月杪聞黔匪復犯秀山作

鐃歌罷奏不多時，邊徼重聞羽檄馳。赤子盜兵紛鹵莽，蒼生應劫恐瘡痍。參旗井鉞天威在，破釜沉舟賊計痴[一]。撫馭幸存龔渤海，肯教滋蔓到藩籬。

黯黯妖氛鬱不開，人間難覓望鄉臺。跳梁幾輩黃狐立，匝月曾無北鴈來。翹首烽烟頻按劍，側身天地且銜杯。前功應使人張膽，衆志成城敵自摧。

【校記】

〔一〕『釜』，原作『斧』，據句意改。

冬晚雜詠

落日憑城遠眺，青銅淨極遥天。一行白鷺飛過，點破前溪暝烟[一]。

江上蘆花瑟瑟，林間落葉颼颼。年光如此憔悴，爭怪騷人白頭。

作賊何人習膽，騎驢有客投簪。閒愁忽到心上，怕唱武溪毒淫。

意氣元龍百尺，回頭都已消磨。象緯時時夜看，洗兵惟冀天河。

【校記】

〔一〕『前溪』，《初集》作『前村』。

十二月初四日之錦官道中作〔一〕

朔風吹短髩，匹馬又成都。日昃炊烟淡，溪寒釣艇孤。何人調暖律，春意入平蕪。照眼疎籬外，梅花綻幾株。

【校記】

〔一〕《初集》無『初』字。『作』，《初集》作『口占』。

旅夜

耿耿寒燈夜未眠，客愁鄉思兩茫然。淒清自惜青氊薄，頹老誰憐白髮元。京國烟雲猶昨夢，錦城絲管欲殘年。那堪笛裡關山月，又送梅花落枕邊。

錦城除夕〔一〕

歲又今宵盡，羈人尚未歸。萑苻何日殄，蘿薜寸心違。薄酒不成醉，孤燈空自輝。微聞鄰舍語，兒女共依依。

進退兩難定，儒冠真誤人。霜清宵夢冷，髮白歲華新。枕上思生事，天涯誰比鄰。明朝增馬齒，六十三年春。

【校記】

〔一〕《初集》題作《除夕錦城旅次書懷》。

丙辰

元旦占

守歲笙歌見古風，畫樓華燭曉猶紅。誰知昨夜還鄉夢，竟在蓉城錦繡中。

新正過温江浣花道中作

七年未過浣花溪，烟靄榿林望欲迷。剩有寒鴉如識舊，對人恰恰盡情啼。

訪王蘭圃明經，留宿話舊

交遊零落半無存，尚有靈光一殿尊。訪舊方知新徙宅，蘭圃新移居王家菴。聞聲不覺笑迎門。共將短髮驚衰態，各把春衫認淚痕。話到升沉難入夢〔一〕，爐添柮榾酒頻温〔二〕。

【校記】

〔一〕『升沉』，《初集》作『深沉』。

〔二〕『頻温』，《初集》作『重温』。

弔潁川太守毛丹雲三首〔一〕

騎箕凶問到江濱，道遠還疑信未真。范式登堂重載酒，蘇躭化鶴果離塵。養癰應抱千秋憾，因收劇盜某爲壯役，罣吏議，行至河南禹州，疽發背卒〔二〕。扶櫬曾無五服親。諸公子俱幼，乃弟竹齋以道梗未及迎葬〔三〕。老我難攜磨鏡具，寢門空自轉腸輪。

論交慷慨隘方州，生小偏憐落魄由。到處逢人先説項，頻年作客半依劉。僕館温江、雙流數年，皆先生吹嘘之力〔四〕。誰能似此回青眼，我已傾懷至白頭。詎意都門分手日，雲泥踪跡遂悠悠。辛丑都門一别，彼此不復相見〔五〕。

一束生芻薦苾芬，關山迢遞隔重雲。瓣香此日剛留我，剪燭當年苦憶君。市駿竟埋天馬骨，還鄉虚望杜鵑墳。雞鳴橋畔盈溪水，嗚咽酸心不忍聞。橋在先生宅外半里〔六〕。

【校記】

〔一〕《初集》於『弔』前有『温江』二字，於題尾無『三首』二字。

〔二〕此注《初集》無。

〔三〕此注《初集》無。

〔四〕此注《初集》置於上句『到處逢人先説項』之末，本句末則另有注云：『嘗主先生家。』『吹嘘』，《初集》作『延譽』。

〔五〕此注《初集》無。

〔六〕此注《初集》無。

歸過二仙菴小憩〔一〕

草堂詩史地，遊屐太喧闐。我欲尋孤鶴，因之訪二仙。棋聲春院閉〔二〕，松影小臺偏。去去頻回首〔三〕，重來知幾年〔四〕。

【校記】

〔一〕《初集》無『歸過』二字。

〔二〕『閉』，《初集》作『静』。

〔三〕『去去頻回首』，《初集》作『回首曾題處』。

〔四〕『知幾年』，《初集》作『已十年』。

措大

措大生涯老未休，年年例作錦城留。畫眉深淺觀新樣，糊口艱難感舊遊。桃葉笑人鬚似雪，楊枝憐我氣先秋。柴桑幸有田園在，一曲歸來好倡酬。

孟夏奉檄還鄉團練〔一〕，率成七律四首〔二〕，留别金淵諸朋好

苦戀黌門粟一稊，十年留滯錦江西。幾曾廣厦遮寒士，空把亭衢望紫泥。瘦穎禿殘三寸管，豪情消盡五更雞。何堪霜鬢垂垂日，捧檄還家習鼓鼙。

摶沙聚散本無端，底事臨歧淚欲彈。六十年餘塵夢短，二千里外宦遊難〔三〕。雲山縱有重遊

願，姹女那尋九轉丹。況説烽烟烟未冷，巖疆鎖鑰賴鄉團。

妖氛計日掃欃槍，羽檄飛來逼去程。家有兒曹能破賊，人傳老子且知兵。蠻烟瘴雨邊愁重，鐵馬金戈客緒縈。乍聽陽關歌半疊，江流遽作不平鳴。

檢點蘭橈待及瓜，非關痼疾染烟霞。元謨老去眉初展，工部歸來路已差。采采芙蓉仍昨夢〔四〕，依依楊柳忽天涯。倘容福庇諸公借，一曲鐃歌幸蚤撾。

【校記】

〔一〕『孟夏奉檄還鄉團練』，《續集》作『丙辰夏四月，署州牧棣生凌公請飭瀛還鄉幫辦團練，奉藩憲允行，擬即賦遂初』。

〔二〕『率成七律四首』，《續集》作『率成四律』。

〔三〕『宦遊』，《續集》作『宦途』。按：疑當作『遊』。

〔四〕『仍』，《續集》作『猶』。

留別同學諸子

回首臯比坐擁時，經師且媿況人師。盈門桃李相偎併，壽世文章漫主持。雪案燈紅春對酒，雞窗蕉緑夜評詩〔一〕。年來無限綢繆意，不到升堂總不知。

以吾一日長諸君，敬業居然遂樂羣。圭璧丰裁時輩少，芝蘭臭味古人聞。離愁忽隔江東樹，望遠難憑日暮雲。此後蕭齋風月冷，心香幾瓣向誰薰。

離索情深未易描，王孫無那小山招。長江滾滾催歸棹，戍鼓明明警麗譙。帳捲西河剛夢及，尊開南浦早魂消。驪歌擬把朱絃奏，老去琴徽不自調。

轉瞬孤帆日欲斜，陳言竊得當前車。才長須學金歸範，品逸還防玉有瑕。面壁年深方證果，彈箏手熟始名家。殷勤好借他山錯，慰我相思水一涯。

【校記】

〔一〕『夜』，《續集》作『書』。

束裝有日矣，既而終不果歸，陳松山參軍、盧昶亭茂才各以詩見慰，疊韻答之

一曲驪歌唱不終，故人酒烈石尤風。遂君蕭采三秋願，遲我丹成九轉功。歸夢頓教虛客子，前途何處問天公。回思鮑老登場夜，幻景分明示醉翁。五月十三日，諸君于樵伯蔗園演劇餞行。

催詩銅鉢韻初終，帆似傷寒不可風。錦里未能辭有道，醉鄉依舊訪無功。從來變局人難定，藉此逃名論豈公。得去自佳留亦可，頭銜擬署信天翁。右疊松山韻。

陽關歌罷忽難行，隴坂回頭馬亦驚。蕭瑟鄉關遲庾信，蒼茫歧路誤君平。春卜歸吉。情波未竭滄江水，宦海重遊黑漆程。竟把離筵供笑柄，家家醽醁盞空傾。

準擬長風破浪行，回飄鼓打重心驚。雲閒傲客棲難定，山遠堆愁剷不平。零雨漫勞賡鸛垤，郵籤畢竟幻鵬程。多君慰藉殷勤甚，老我吟懷淚欲傾。右疊袓亭韻。

劉印侯學博漢州歲貢**用袓亭韻見贈，復疊和却寄**

儒酸何事扞掫行，袓席張皇局外驚。詎有罪言懷杜牧，敢矜奇計出陳平。就荒松菊閒中慮，舒嘯林泉別後程。可奈天弢難驟解，痴心空作野葵傾。

聽喚哥哥不得行，鷓鴣聲促旅魂驚。人緣失意詩都澀，事到違心念轉平。風雨一尊尋酒伴，蓴鱸幾度滯鄉程。多情幸有劉中壘，惠我佳篇四座傾。

劉印侯復贈長句，依韻走筆和之

苜蓿闌干苦不高，一生蹭蹬同馬曹。有家可歸歸未得，誰謂河廣曾容刀。我真天之棋，進退隨所操。松菊樂三徑，空懷彭澤陶。難憑濁酒澆壘塊，嬾吹絲竹競雄豪。閉門且作北窻臥，青眼敢希南阮勞。孝標底事腸偏熱，歌夫彈鋏蒙榮褒。繡虎雕龍發光恠。妖魑野魅争遁逃。謫仙去後已千載，孤詣至今時一遭。一掴一掌血，頻讀頻心忉。如玉出重淵，如鶴鳴九皋。如夢鈞天樂，如聽廣陵濤。倏此泠然御清冷，窮途何處生煩囂。雙眸但覺葩燦爛，兩耳惟餘聲蕭騷。回頭默計笑老饕，齲齒雖曾餐緑萄。技見小巫先自愧，戰逢大敵焉能鏖。桑榆矧值日月慆，未聞黃石之畧太公韜。遠志出山殊草草，長江逝水驚滔滔。空谷足音感厚意，瓊瑰玉珮相將翶。願得與君沽美醞，賦炰羔。酣醉渾忘天地濶，拚將霜雪堆頭毛。

次陳樵伯見贈柏梁體韻

千古茫茫同此天，流行坎止誰有權。軟塵蹴踏鞋破穿，如蠶作繭空糾纏。憶余竊禄來金淵，閒階十見榴火然。星星華髮催殘年，囊中猶乏買山錢。刮毛龜背幸成氊，蝸廬擬結老焦先。槐安那知夢不圓，宦海重教風折旋。乘槎路阻銀河邊，話舊難尋僧大顛。坐對悠悠歲月遷，烟蘿聳誚幾時還。太邱長者恰垂憐，慰藉之言金石宣。高誼敷陳依昔賢，鼓琴成虧無頗偏。指窮于薪燈復傳，舒卷浮雲何與焉。新詩頌罷嚲山肩，疲蹇安能策祖鞭。人世從來罕百全，傀儡場多暗絲牽。況復衰病相勾連，蠡魚食字疇飛仙。計惟老學磨摬堅，日升日沉隨浮烟。奚事呼龍種芝田，窻前瓜瓞森綿綿。

積雨排悶

淫雨苦不止，耳目生蒙昏。瑟縮學顛當，終朝牢守門。故人期不來，桑户誰過存。屏息駭羣動，梁空飢鼠奔。流螢出腐草，變遷難具論。行思折疎麻，因之遺故園。疎麻未可得，瑶華復何言。

溼雲羃濃烟，不辨烟中路。屋角官蝦蟆，激聒無朝暮。焚香讀楚辭，藉以祛蔽錮。蘭將九畹滋，蕙亦百畒樹。峻茂有枝葉，顑頷吾何懼。勿迫望崦嵫，理弱媒難顧。乘雷駕龍輈，太息空神遇。

辛夷死林薄，荆棘生虚堂。江介多悲風，越鳥滯南翔。蹇産不可釋，曼曼夜方長。元文處幽隱，矇瞍譏無章。願言寄浮雲，豐隆爲我將。羲和勿弭節，朝暾曜扶桑。豁此千古憤，荃美同芬芳。

七夕

余友冉石雲曩作七夕詩，有『畢竟人間勝天上，有人夜夜抱花眠』之句，新巧極矣，戲反其意成一絶云。

針樓十載隔雲山，烏鵲南飛信不還。清淺銀河年一度，依然天上勝人間。

擬秋懷詩八首録七

晚蟬噪未歇，大火倏西流。叢薄扇微凉，蒼然天地秋。韶華真徂水，一逝誰能收。側耳聽鳴雁，嗷嗷如有求。喟兹節物變，徙倚空庭陬。振策厲高蹈，莫知途所由。瓊茅與筳篿，靈氛何處謀。

魯陽憤揮戈，落日迴虞淵。斯語雖曾聞，兹情恐未然。蜉蝣寄天地，静觀多歷年。白露一宵零，羣芳皆失妍。人無不朽在，滅没終秋烟。競把浮邱袂，侈拍洪崖肩。去去此淪惑，悠悠翻可憐。

少小富精力，騁懷恣娛嬉。吸景駐光采，當思乘雲螭。登天苦無杭，延望徒桂枝。倏忽成老大，秋霜凋鬢絲。幸有真性情，未隨時化移。勞生未足戀，樂死復奚悲。矯蕙擣木蘭，清芬惟自持。

蟾光薄户牖，蟋蟀鳴西堂。拊枕不能寐，凄其夜未央。眷我素心人，相違天一方。芙蓉久采擷，無由遠寄將。寄將既不能，永好何時忘。狺狺犬共吠，瀝瀝漏偏長。搔首重踟躕，不覺涕沾裳。

騏驥遭屯蹇，不矜服襄力。鸞凰困朝飢，不共雞鶩食。翹首眺八紘，莽莽無終極。舜與跖之分，千秋争一息。青春未可再，白日易西匿。爲糧糳申椒，枉策求黄棘。浩氣還兩大，庶以畢吾職。

天上葬神仙，雷公搥大鼓。毘騫老長頭，荒渺疇親睹。金石多贋辭，那能更僕數。何如筆一枝，奇情自吞吐。劍氣冲牛斗，珠光燦肺腑。乾坤苟不毁，藻耀同千古。稊米在太倉，缺或造化補。

槁葉聲蕭瑟，雞鳴將夜闌。積茲千古志，漫擬鳴琴彈。柱促無和音，攬衣出檐端。皎皎河漢横，盈盈清露溥〔一〕。痴蝶抱秋花，烏知歲已寒。歲寒奈若何，終不悔儒冠。升沉兩勿問，寸心求自安。

【校記】

〔一〕『溥』，原作『溥』，據句意及本詩用韻改。

秋夜與同學諸子論文

時文誠小道，拜獻資先資。實得蘊中心，乃能鑄偉辭。譬諸春日花，各各含殊姿。但具天然趣，濃淡罔弗宜。倘其剪綵效，紅紫雖紛披〔一〕。按之君形亡，貌合神則離〔二〕。雕虎誰爲畏，畫美誰爲思。操觚有真訣，前哲豈我欺。

今古絶妙文，人心所固有。鑽研力未至，混沌斯難剖。一朝得融釋，落紙烟雲走〔三〕。奡可排南山，光能高北斗。在漢曰馬班，在唐曰韓柳。機杼自一家，拾誰齒牙後。痀瘻竿承蜩，列子杯措肘。皆身與物化，神奇故無偶。

【校記】

〔一〕『紅紫』，《續集》作『紅緑』。

〔二〕『則』，《續集》作『已』。

〔三〕『落』，《續集》作『滿』。

冬夜獨坐〔一〕

雞窻宵獨坐，寒月滿空庭。松響時疑雨，池寬半浴星。與誰同寂寞，把酒慰飄零。恰有生生意，梅花送遠馨。

【校記】

〔一〕《續集》題作《雞窗》。

臈日感事

臈盡春回處，干戈又一年。子誰窮虎穴，烽尚突狼烟。引領星消彗，傷心劍不仙。仳離思士女，高枕總難眠。

丁巳

元旦試筆

去年試筆錦官城，風雨飈馳老筆横。今日官齋重試筆，壯懷依舊逐雲生。

春日雜詠

江城連日雨凄凄，艸染牆陰緑又齊〔一〕。記得年前挑菜節，吟鞭斜過浣花西〔二〕。

消閒無計續春遊，漫捲湘簾自上鈎〔三〕。何處飛來新燕子，雙雙凝睇杏梢頭。

春意闌珊蝶夢痴〔四〕，嫩晴天氣晚風時。楊花撲地紛如雪，不到谿南總不知。

半渠春水半隄烟，水色烟光畫不全。恰有歸鴉偏解事，倒騎牛背過前川。

【校記】

〔一〕『又』，《續集》《詩鈔》作『漸』。

〔二〕『西』，《詩鈔》作『谿』。
〔三〕『湘簾』，《續集》作『珠簾』。
〔四〕『春意』，《詩鈔》作『春日』。

石犀行

頭角嶄嶄五石犀，何年屹立江之湄。傳是秦時李太守，奔騰藉鎖巫支祁。往蹟微茫殊可恠，平成幸免懷襄害。淘灘作匽共訏謨，守此但休成法壞。滔滔江漢本東流，厭勝奚煩異術求。試看灌口偶一決，洪濤已及張儀樓。周末至今纔幾世，缺訛蚤共涔蹄棄。神教當初知有無，糞金閣道等兒戲。滄海桑田幾廢興，人間幻妄總難憑。五犀笑爾不經濟，唐代曾聞杜少陵。

暇日讀陸次山司馬前後蜀游詩，有懷其人，適案頭見蘇長公聚星堂春雪詩在側，即次其韻，成七古一首寄意

陸君放翁之後葉，生小聰明淨冰雪。千載重尋翰墨緣，兩川未忍吟蹤滅。年前惠我蜀游詩，一度披函一心折。眼底雲山分向背，行間烟雨互明滅。乍疑碧漢孤鳳翔，旋驚滄海神鯨掣。礫沙汰盡止精金，錦緞剪裁無碎纈。南劍宗風信可繼，西江別派誰其屑。回思把袂縱談笑，可惜

瞻韓纔一瞥。惟從詩裡見丰姿，殷勤指向兒輩説。半生朋好比鯽多，錚錚疇似鐵園鐵。鐵園，司馬集名。

冶春〔一〕

冶春風景最瓏玲，行近烟村眼倍青。却恠尋常楊柳色，銷魂偏在短長亭。

【校記】

〔一〕《續集》題作《散步》。

初夏即事

楊花才作雪，楊葉早成陰。落日眺平楚，昏鴉棲滿林。蒼茫千里夢，濡滯十年心。幸值烽烟遠，翛然澤畔吟。

雨過

一雨過前村，蓊然生眾緑。開軒乘夕霽，攬之可盈掬〔一〕。微風篠徑來，細碎戛寒玉〔二〕。對此融心神，渾忘塵世俗。閒持靖節詩，隨意花間讀。至理別有悟，無求百念足。

薄宦尠拘束，空林散策行。小鳥亦忘機，啾啾相對鳴。回光映池荷，露珠時欲傾。鳥聲一何韻，荷香一何清。物外得真契，塵網安能攖。一篇歸去來，仰止若爲情。

【校記】

〔一〕『可』，《詩鈔》作『不』。

〔二〕『細碎』，《詩鈔》作『錚琮』。

巢菜並序

巢菜以宋巢元修得名，故一名元修菜，近蜀人呼如苕，蓋音近而訛也。巢有大小二種：大者爲野豌豆，或謂即《毛詩》之薇；其小乃元修所嗜，葉如槐，二月開花，淺紅色，實似豆莢而小，蜀人種以糞田，苗嫩時可茹。段若膺《説文解字注》竟以豌豆顛當之，殆又沿野豌豆之文而誤。余客川西，啖之屢屢矣。今僕人購數升，將貽梓里〔二〕，感而有作。

蜀中處士巢元修，嗜好不與尋常儔。一自品題有蘇子，微物之名至今留。曩余糊口客温邑，時同苜蓿登盤羞。芼以薑葱頗甘淡，點之鹽豉殊和柔。愛兹田家風味好，暗將書史親旁搜。根株既窮思目驗，振衿蠟屐臨甌窶。菜花正黄蠶豆緑，就中别見丰茸抽。苞如野蕨拳將坼，葉似宫槐翠欲流。疎枝轉盼綴赬粉，瘦莢踰時盈青眸。落實取材足嘉種，汙邪來歲仍滿篝。作葅既可佐飣餖〔二〕，餘荄兼可糞田疇。厥用甚宏厥利溥，久擬題詩追陸游。放翁有《巢菜》詩。蘁頤屢過愧弗暇，蹉跎瞬經三十秋。龍鍾老僕强解事，數升竟向市擔求。棖觸向年考據學，舐毫伸紙頻哦嘔。段注《說文》最典贍，獨詮此物偏謬悠。大巢小巢已異菜，矧於豌豆蒙贅疣。聊此作歌寄鄉里，髯翁可作其然不。

【校記】

〔一〕『貽梓里』，《續集》作『歸遺梓里』。

〔二〕『葅』，原作『苴』，據《續集》改。按：葅即醃菜。

淫霖歎

鍾山老龍目光死，三足踆烏逃海底。放教黑蜧號長空，驅雷鞭電難停趾〔一〕。蜀國從來稱漏天，今茲天漏尤緜連。黃蒿古城半摧剥，荒村滴斷衡茅烟。荷蓑人昨錦官至，具說東街船入市。異事驚詫百歲翁〔二〕，疇能推測五行記。豈是蒼蒼別有情，腥羶欲洗江南兵。遠把洪濤藉江水，故將銀漢天瓢傾〔三〕。匝月祈晴晴不起，高田漸見禾生耳。隍神社鬼百無功，紙灰座前空盈指。

【校記】

〔一〕『難』，《詩鈔》作『不』。

〔二〕『驚詑』，《詩鈔》作『驚倒』。

〔三〕『銀漢』，《詩鈔》作『萬斛』。

雨中雜詠

頳雲彌月闇簾櫳，點綴亭臺百卉空。恰有石榴能戰雨，階前時作淺深紅。

寂寞甍門半不開，牆陰碡碌長莓苔。幾番問字人歸後，可喜全無剥啄來。

忘是驕人六月天，宵寒燈下欲披緜。班姬團扇瑩如雪，不待秋風已棄捐。

秋稼關心驗曉昏，短垣欹倒徧江村〔一〕。城鄉居室多土墻，坍塌者不計其數〔二〕。阿誰鐵筆溪橋畔，刻向垂楊記漲痕。

【校記】

〔一〕『短垣』，《續集》作『短墻』。

〔二〕《續集》無此注。

久雨不止，有請以大礮轟陰霾者，鎮廷周大令從之，果得小霽

近歲陰陽多反覆，淫霖匝月無炎燠。伊誰屈注滄江流，令我渾疑銀漢踣。得意蛟魚肆莫禁，將秋禾黍愁難熟。望窮旭日開鴻濛，懼甚浮生有蕩汩。破格忽聞周孝侯，轉圜不俟著龜卜。居然伍列親登陴，蕞爾四民齊屬目。巨礮一轟天地動，烟光千里雷霆逐。未須繁露師春秋，竟使陰霾消慘黷。無數蒸藜喜欲顛，儘多學究舌爲縮。不知帝心劇仁愛，豈忍盛時忘茂育。雨久祇因晦氣深，陽回難得晴明速。譬之寇盜方横縱，亦必翦除資岳牧。周令順天非逆天，故能幽谷轉暘谷。莫將爕理覇才嗤，須識權衡妙義伏。側耳家家簷溜斷，凝眸隱隱踆烏出。歌成翻笑井中蛙，泥首求憐徒碌碌。

雨霽曉占〔一〕

庭前雨乍收，屋角烟猶溼。雛鵲不驚人，當門噪曉日。

園蝶尋花急，檐蛛補網忙。從容惟幕燕，緩欵話雕梁。

連日波平岸，浮萍緑上橋。朝來潮忽落，點點掛虹腰。

垂楊帶晚烟，水色濃于黛。面皺嬾觀河〔二〕，多年知老態。

【校記】

〔一〕『曉占』，《續集》作『漫占』。

〔二〕『面皺』，《續集》作『皺面』。

燈花

寥落燈花已半年，今宵何事忽嫣然。蜻蜓眼活熒紅豆，薝蔔香清罥碧烟。老子應無歡喜法，兒曹或有吉祥緣。升沉畢竟憑時命，嬾把瓊茅問楚篿。

秋窻夜坐〔一〕

芸窻闌暑氣，趺坐欲三更。月較前宵好，秋餘此夕清。林巒開畫幀〔二〕，鼓角静江城。瑟瑟涼飔起，蓴鱸念又生。

【校記】

〔一〕《續集》題作《秋夜偶成》。

〔二〕『開』，《續集》作『閒』。

彌牟鎮

夢冷彌牟道，於今四十霜。陣圖仍磊落，雉闕已荒凉〔一〕。葉老楓千樹，葭寒水一方。指揮誰繼武，妖彗掃天狼。

【校記】

〔一〕『雉』，原作『稚』，據《續集》改。『荒凉』，《續集》作『蒼凉』。

駟馬橋即事

久絶昇仙望，頻過百尺橋。秋風雞肋瘦，落日馬蹄驕。有賦金誰買，平林葉半彫。不堪昭覺寺，暮鼓又遥遥。

十一月十一日得家書，始悉志邨兄已於八月棄世〔一〕，哭之以詩

連夕噩夢頻，齒落肱復折。摇摇心懸旌，休咎從誰決。詰朝家書至，開函肝膽裂〔二〕。鴒原喬木摧，慘漬杜鵑血〔三〕。艾灼痛未分，飯含禮復缺。附身與附棺，倉卒恐難説。

結念我同氣，人推三桂枝。仲兄早弱喪，旅櫬無歸期。惟公守鄉井，門户苦撑持。硯田艱晚穫，日益鬢毛衰。方擬賦遂初，杖履重追陪〔四〕。勉學司馬公，負兄山中嬉。嬉遊苦未諧，日已桑榆暮。殘年催短景，忍忽捨我去〔五〕。去我之何鄉，挽留竟無路。永永隔重泉，餘生成孤注。淒風薄户牖，老泪寒冰沍。握管擬招魂，哽咽難爲句。

【校記】

〔一〕『志邨兄』，《續集》作『家大兄』。

〔二〕『肝膽』，《續集》作『心膽』。

〔三〕『漬』，《續集》作『積』。

〔四〕『追陪』，《續集》作『追隨』。

〔五〕『忍忽』，《續集》作『忽忽』。

歸署途中見孤鴈有感

紫塞成行舊有家，何緣零落在天涯。寒潭暮雨銜蘆處，比似孤懷了不差。

唳徧關山慘不支，回翔烟水下來遲。人間處處多矰繳，勸爾歸飛莫後時。

歲暮書懷

腰金騎鶴兩無成，碌碌奔馳老此生〔一〕。風漢文章誰解領，髫年頭角枉峥嶸。得官依舊同儒丐，共飲何緣覓酒兵。寂寞夜窗燈欲灺，恰餘松柏耐寒盟。

生涯何計問錢神，老眼頻看物候新。有用年華都逝水，無聊詩句少驚人。樂天已媿陶元亮，谷口争如鄭子真。閒把芝泥親料理，頭銜只合署山民。

【校記】

〔一〕『碌碌』，《續集》作『鹿鹿』。

題《漁趣圖》

橛頭艇子蓋烟簑，那管紅塵歲月磨。但得魚時便沽酒，逍遥究算釣人多。

候蟲吟草卷十

戊午 還山草

哀辭八章爲陳樵伯作

生天證佛兩模糊，肇錫嘉名願已孤。君名錫齡，別號長山。十載交遊成一夢，不堪回首憶黄罏。

抱病經年未杜門，每逢花月尚開尊。分明小别無多日，僕之錦城纔兩月〔一〕。肯信人琹便不存。

百尺虹霓鼻息吹，元龍豪氣冠壎箎。昆玉皆工南詞，而君喜宫商大調〔二〕。何緣携酒荆花下，零落山陽笛一枝。

覓來樊素伴香山，垂老風情見一斑。時娶如姬甫及半載〔三〕。底事畫眉猶未了，忍教清淚落紅顔。

年來聽我說投簪，地北天南感不禁。豈怕生離先死別，教人何處着推尋。

水閣雲窻半不開，殘花片片委蒼苔。鸚哥那識春無主，尚向緗簾報客來。樵伯畜一鸚鵡甚慧，能人言。

舊曾遊處重勾留，繞屋寒烟半不收〔四〕。風月祇今誰管領，用園中夢香樓楹聯語意。慘懷難上仲宣樓〔五〕。

作達思將別恨蠲〔六〕，小詩吟就倍悽然。隻雞漫踐喬公約，誰與招魂倩杜鵑。

【校記】

〔一〕《續集》無此注。

〔二〕《續集》無此注。

〔三〕《續集》無『及』字。

〔四〕『半』，《續集》作『澹』。

〔五〕『慘懷』，《續集》作『愴懷』。

〔六〕『恨』，《續集》作『憾』。

寄李明府次星乞畫〔一〕

玲瓏詩筆入礬頭，畫裡龍眠近罕儔。乞取幾枝生色去，載將春意滿歸舟。

【校記】

〔一〕『李明府』，《續集》作『李大令』。

梨花

春老寒猶在，梨花悶不開。昨宵微雨歇，侵曉暗香來。澹泊添詩趣，牢騷散酒悲。何當尋密友，清詠共徘徊。

得假後留別及門、余學博竹亭、芷塘昆季及陳茂才少漁、蓉鏡叔侄〔一〕

幾度思歸未得歸，桃花空羨鱖魚肥。多情賴有同心在〔二〕，忘却天南鴈不飛。

蓬廬今日許歸休，又惹河梁一段愁。此去真成千里別，暮雲春樹共悠悠。

瓊枝玉樹各風華，十載殷勤侍絳紗。談笑及今休冷淡，片帆開處即天涯。用成句。

聽到瀟瀟夜雨聲，不關情處也關情。諸君莫再臨歧日，重遣何戡唱渭城。前歲還鄉，諸朋好召梨園餞行，甚覺勞費，聞今又將循故事，因草此謝之。

【校記】

〔一〕《續集》題作《得假後留別及門余魯生、芷塘兩學博及陳少漁、孟敬諸茂才》。

〔二〕『多情賴有同心在』，《續集》作『倡酬幸有同聲在』。

四月四日束裝東歸，諸朋好祖席相望，米紱卿偕陳松山蘭階，余乾甫汝爲、望之昆季暨余竹亭芷塘、陳少漁各及門復送至姚家渡，供張甚盛，而松山直欲伴余下渝城，賦此誌感〔一〕

驪歌曾唱蜀江濱，祖帳殷勤跡未陳。入座乍添青眼客。癸丑諸君送至姚市〔二〕，惟汝爲參軍時未與〔三〕。持觴多是白頭人。尊前再見知無分，夢裡重逢或有因。舟子也憐離別苦，幾回解纜又逡巡。

漫將安穩祝歸航，陳吉堂上舍畫《歸舟安穩圖》送行〔四〕，諸朋好俱各有題贈。畫裡人歸意轉傷。撒手便同飛鳥散，當頭翻恨隙駒忙。江干縱有回飄鼓〔五〕，壺裡難求縮地方〔六〕。可幸扁舟偕李郭，者番晨夕不淒涼。

【校記】

〔一〕《續集》題作《録別》，本詩題置於《録別》題下，爲小序，而文字略有差。『四月四日束裝東歸』，《續集》作『戊午四月四日束裝東歸』；『余竹亭』，《續集》作『余魯生』；『伴余』，《續集》作『伴僕』。

〔二〕《續集》於『送』下有『僕』字。

〔三〕『未與』，《續集》作『未至』。

〔四〕『陳吉堂上舍』，《續集》作『陳上舍吉堂』。『送行』，《續集》作『送余行』。

〔五〕『縱有』，《續集》作『漫詫』。

〔六〕『難』，《續集》作『那』。

舟次懷州鎮，偕松山訪唐子固明經〔一〕，因與徧覽懷安軍遺蹟

癸丑過懷州，風帆催急櫓。人烟耀眼前，造訪苦無主。今夏偕陳君，泊舟江之渚。爲指松竹間，有友唐伯虎。伊人所居宅，基即古官府。扣門一投刺，欵延恣傾吐。相攜曳葛屨，緩步出林塢。牆陰覓故城，彷佛見殘礎。其餘冠蓋場〔二〕，離離盡禾黍。瓦礫俱摧剥，亭臺安可數。咄嗟朝代遷〔三〕，阿房且焦土。矧兹廢軍治，斷碣誰爲補。恰有雲頂月，照人尚眉嫵。

【校記】

〔一〕『松山』，《續集》作『陳松山參軍』。

〔二〕『埸』，《續集》作『區』。

〔三〕『咄嗟』，《續集》作『哆哉』。

資陽訪廖達軒、陳雲峰兩學博不遇，明晨二君挈壺榼來舟中送行，暢飲大醉而别

金蘭憶昔契，達軒交最早。莊論雜詼嘲，聞者輒笑倒。相繼得雲峯，韜畧胸中飽。談兵劇縱横，氣可鯨鯢掃。每值遴才期，殷勤通紵縞。春風不相待，木瓜難永好。各各鬚眉蒼，余尤成醜老。自深棧豆慙，勉學采芝皓。日昨過鳳臺，蹩門冒雨造。偏值公讌去，時俱赴縣署讌〔一〕。濶絶心如擣。明發擬開帆，雙輿來侵曉。攜尊復挈榼〔二〕，僕從皆泥潦。後會悵無時，一别誠草草。相逢不盡歡，追思徒懊惱〔三〕。感此綢繆意，忍辭酒户小。拚命醉三雅，長歌盟古道。來歲錦官城，離懷知多少。

【校記】

〔一〕此注《續集》無。

〔二〕『尊』，《續集》作『壺』。
〔三〕《續集》無『相逢』二句。

抵資州

昨午辭故交，稍償相思債。沿途方苦旱，一雨欠霶霈。水淺舟易膠，得風亦不快。中流兩日泝，纔抵盤石界。州即後周磐石縣地。可恨操舟人，力微希重載。固請少勾留，貪痴毋乃太。白頭二老公，幸各山川愛。苟足恣遊覽〔一〕，均可忘芥蔕。一笑姑聽之，未爲渠所賣。

【校記】

〔一〕『足』，《續集》作『得』。

登重龍山放歌〔一〕《名勝志》謂之南巖〔二〕。

誰從太古驅獰龍，一龍奔詫羣龍從。就中有龍獨崛强，竄入資水潛其蹤。元氣淋漓閟不住，依稀頭角撑雙峰〔三〕。我來剛值龍見節，捨舟試曳登高笻。捫參歷井出龍背，回視城闕低千重。更憑龍首縱遠目，八荒雲海如崇墉〔四〕。便想乘龍徑飛去，叱使行雨銷邊烽。頭顱摩抄復自笑〔五〕，蒼蒼雙鬢披蒙茸。龍門百尺且未到，痴願太賒安能供。引杯姑酌天池水，寺內有水名天池。

免教壘塊填心胸。

【校記】

〔一〕《續集》《詩鈔》題作《登資州重龍山放歌》。
〔二〕《續集》《詩鈔》於『名勝志』前尚有『山在資州北二里』七字。
〔三〕『撐』，《續集》《詩鈔》作『森』。
〔四〕『如』，《詩鈔》作『遮』。
〔五〕『摩抄』，《詩鈔》作『自摩』。

資江雜詠同松山作

嵂崒雲山間氣鍾，羣推卓絶獨重龍。他年譜入倪迂畫，記取南巖第一峯。松山工繪事，山水尤擅勝場。

江城隨處足勾留，聞説山泉景倍幽。可惜芒鞵偏嬾到，異時難望再來遊。松山同余長子文愿訪君子泉，余以力疲，因不果去。

不繫舟還五日停〔一〕，今朝纔得快揚舲。茅簷縷縷炊烟白，見觸前山鳥夢醒〔二〕。

霞箋披拂等新題，睡起篷窻已日低〔三〕。忽有閒情供染翰，魚鷹掠過緑楊西。

【校記】

〔一〕『還』，《續集》作『徧』。

〔二〕『見』，《續集》作『飛』。

〔三〕『已日低』，《續集》作『日已低』。

濛溪紀事

閒尋古洞入深溪〔一〕，石棧縈紆路欲迷。何處人家看不見，雲中飛下數聲雞。

谿流曲折隱柴門，洞口烟蒼古木昏。纔識武陵仙境外，人間又自有桃源。

幾家板屋自爲鄰，幽窅常留太古春。偶向元龍通姓字，百年前是一家人。洞口漏棚有陳姓閩人〔二〕，與松山同族。

籬落疎疎整復斜，殷勤留客瀹新茶。臨行重把糖霜贈，贏得雲腴上筆花。

【校記】

〔一〕『閒』，原作『間』，據《續集》改。

〔二〕『洞口』，《續集》作『洞裡』。

内江訪前任成都縣學博江輔臣〔一〕，歸舟作〔二〕

江君恬退人，軒冕輕于屣。允升方叶吉，蜚遯蚤烟水。輔臣以卓薦保舉府經歷〔三〕，辭不就。高蹈有前車，清風常仰止。邇余脱羈縶，過門剛尺咫。泊舟菰蒲間，嫩緑濃如薺。撥雲尋徑入，倉卒通名紙。聞聲知我至，抱病生歡喜。時方患病〔四〕。牽裾親挽留，咄嗟羅箸匕。羽觴飛白墮，馨逸了無滓。豕脯及鵝蒸，登盤盡甘旨。感舊話纏綿，欲辭難遽起。哲嗣璠璵器，君次子宗海茂才聰慧能詩，每應試至省城，必見訪〔五〕。醕謹尤罕匹。恂恂敬父執，侍立忘跛踦。知我好徵詩，期與全其美。遺稿出田橋，丹稜彭田橋與張船山齊名〔六〕，僕屢覓其稿不可得〔七〕，今見之，如獲拱璧，因乞借歸抄之〔八〕。並容借歸里。平生縞紵交，中多賢喬梓。剪燈語痴兒，古誼當師此。認取插劍山，山在江君宅之對岸〔九〕。過從自今始。

【校記】

〔一〕『訪前任成都縣學博江輔臣』，《續集》作『過江輔臣學博』。

〔二〕『歸舟作』，《續集》作『因留飲』。

〔三〕《續集》於『輔臣』下有『任成都訓導』五字。

〔四〕『時方患病』，《續集》作『時江方臥病，力疾起』。
〔五〕『訪』，《續集》作『存問』。
〔六〕《續集》於『張船山』下有『昆季』二字。
〔七〕『覓其稿』，《續集》作『求其詩』。
〔八〕《續集》無『因乞借歸抄之』六字。
〔九〕此注《續集》作『山在江宅對岸』。

曉發内江

孤帆留不住，曙色見東山。珠碎星千點，鈎沉月一灣。火雲堆岦崱，玉笋山名抱回還〔一〕。二麥焦枯甚，神龍未應閒〔二〕。時方旱〔三〕。

【校記】

〔一〕『回還』，《續集》作『回環』。
〔二〕『應』，《續集》作『可』。
〔三〕《續集》無此注。

富順謁凌棣生刺史，留飲望湖樓

夙有通家誼，兒子輩均列門牆〔一〕。留髡晝泊船〔二〕。懽愉開水閣，灑落啟華筵。山遠青浮玉，湖澄碧化烟。西湖在縣署後〔三〕。么荷知愛客，摇曳五銖錢。

【校記】

〔一〕《續集》無此注。

〔二〕『畫泊船』，《續集》作『泊畫船』。

〔三〕《續集》無此注。

酒後歸舟，棣翁以西湖之勝，侵晨爲最，約詰朝重賞

具説湖山勝，侵晨入畫圖。賓筵重有約，主誼豈容孤。翰墨三生契，炎涼兩字無。翻增遲暮感，難覓報恩珠。

不肯降旗豎，元龍氣自豪。青眸時繾綣，松山是早飲興頗豪，棣翁顧而樂甚。白髮任蕭騷。露氣澄珠箔，荷香出翠濤。盛遊那可再，江水去滔滔。

瀘州

鴻爪何心任去留，郵程今夕又瀘州〔一〕。五峯未改窩雲舊，五峯山下有留雲窩。兩水依然夾鏡

流。岷江、内江二水會瀘〔二〕。恰少荼蘼開洞口，尚餘龍馬隱潭陬。荼蘼洞、龍馬潭皆州中最勝處〔三〕。名區此地多於鯽，賞玩無妨兩日留。

【校記】

〔一〕『郵程』，原作『郢程』，據《續集》改。按：郵程即驛路。

〔二〕《續集》無此注。

〔三〕『最勝』，《續集》作『名勝』。

遊三官寺〔一〕

瀘有敘同姓，陜西人，少困金堂，受松山昆季賙給〔二〕，相見甚歡，爲具壺觴〔三〕，邀遊三官寺，長句紀之〔四〕。

扁舟日昨維江皋，夢中竟夕聞風濤。有客凌晨具壺榼，覽延名勝相招邀。城外三官寺最古〔五〕，危樓矗立山之尻。拔地蒼松頗光恠〔六〕，參天翠竹無塵囂。羊腸一綫入寒緑，凉飔颯颯生堂坳。憑欄縱目一屬眺〔七〕，蠶叢千里窮秋毫。資江支江騁澎湃，遠滙沱岷流滔滔。紈扇人人廢不用，腰脚輕快如飛猱。憶從月内虐旱魃〔八〕，炎官火繖紛煎熬。七尺桃笙那得卧，蒙莊蝴蝶争潛逃。詎知頓遇水晶域〔九〕，白龍皮冷圍周遭。即此混茫接元氣〔一〇〕，已堪醉死埋蓬蒿。况復馬鞍近可跨，玉蟾瑞鹿恆連鑣〔一一〕。洞口飛霞落丹井，右皆瀘州地名〔一二〕。曾聞羽客多翔翱，州有韓飛霞、尹希巖遺蹟。倘能御風徑把臂〔一三〕，何知爾我非仙曹〔一四〕。酒酣倏忽聞清唱，哀絲豪竹兼靈鼗。誰歟携妓劇遊戲，時有州佐同武弁挾校書縱飲後堂〔一五〕。東山絲竹難懸褒〔一六〕。儂今幸免譏小草〔一七〕，對此倍覺忘牢騷。詩成擲地試使聽，淵淵聲應驚雲璈〔一八〕。

【校記】

〔一〕《續集》題作《遊瀘州三官寺》，《詩鈔》題作《遊瀘州三官祠》。

〔二〕《續集》於『松山』前有『參軍陳』三字。

〔三〕『壺觴』，《續集》作『觴豆』。

〔四〕《詩鈔》無此序。

〔五〕『寺』，《詩鈔》作『祠』。

〔六〕『頗』，《續集》《詩鈔》作『挺』。

〔七〕『一矚眺』，《詩鈔》作『莽憑眺』。

〔八〕『憶從月内』，《詩鈔》作『自從今年』。

〔九〕『遇』，《詩鈔》作『入』。

〔一〇〕『接』，《詩鈔》作『盪』。

〔一一〕『恆』，《詩鈔》作『紛』。

〔一二〕『右』，《續集》《詩鈔》作『上』。
〔一三〕『御』，《續集》《詩鈔》作『乘』。
〔一四〕『何』，《詩鈔》作『安』。
〔一五〕『同』，《續集》作『及』。
〔一六〕《詩鈔》無此句。『絲竹』，《續集》作『安石』。
〔一七〕《詩鈔》無此句。
〔一八〕『淵淵聲應』，《詩鈔》作『渢渢聲起』。

由江津至重慶

乘風破浪興方遒，涉險何勞楚客咻。時有楚人附舟。兩岸青山青未了，烏篷早已到渝州。

泊朝天門後江水暴漲，移舟靛馬頭

闕前櫛比數帆檣，瞥睹人家折屋忙。莫信歸舟安穩甚，用吉堂畫意。好藏大壑學蒙莊。

朝天門外泊輕舠，十丈曾驚漲夜濤。癸丑夏泊舟此，亦適值水大漲。可笑江神通變少，奔流依舊上城坳。

次夕雨霽，擬遊真武山，明早視江干，尚隔岸不辨牛馬，余頗有難色，松山意却甚堅，遂由太平門濟，徧歷覺林寺、塗山古刹、覽勝亭諸勝而返〔一〕

雪浪下岷峨，江濤恣跌宕。遊人得遊趣，盛氣與之抗。一葉泛中流，掀簸紛百狀。趨避偶失勢，破碎誰能量。洸洸鐵梢公，將船如將將〔二〕。危乘意自閒，險奪神愈王。迅比鳥飛翔，禍逃魚腹葬。斯須彼岸登，滅頂都無恙。豈邀伯禹憐，暗使黃麾相。回視趁虛者〔三〕，臨波方悵悵。

捨舟沿岸行，境入塗山麓。遥望覺林寺，清暉如膏沐。叩門鳥不驚，剔蘚碑堪讀。逶迤登禪堂，金剛時努目。菩薩亦低眉，似嗔騷客俗。翻然去弗顧，勝引通紆曲。虛閣敞空青，蒼崖延古緑。風過旃檀香，簾櫳媚初旭。渝州昔屢遊，法苑今方熟。舊遊塗山未過覺林寺〔四〕。含笑問陳君，能否再來卜。

瓊糜苦失備，旅館隨朝餐。兹地向多暑，悲歌行路難。幸值新雨餘，枝頭露未乾。間關鶯語滑，淒肅松風寒。磨驢有陳跡，行行次第看。虹橋跨絕澗，金碧雖凋殘。黃葛大十圍，攫拏仍巨觀。豐碑苔蘚蝕，龍文尚鬱蟠。誰歟呵護功，猜測總無端。庬狐去已久，烟靄生層巒。

籃輿路欲窮，絶頂開葱翠。琅琅鈴鐸間，仰見塗山寺。紺殿禮金容，星官彷佛記。後堂新結搆，丹漆欠雕飾。側聞此山椒，夙崇神禹祀。童律及庚辰，莊嚴分位置。塵海幻桑田，豆登移禮器。頓教疏鑿功，僧俗忘名氏。費著有恢復，徒標《華陽志》。鳴鳥隔花聞，令人感興替。

抑塞思開豁，高登澄鑒亭。覽勝亭舊名。盪胸雲靉靆，漱玉瀾瓏玲。羣山西北來，蒼然天地青〔五〕。雙江混一氣，終古烟冥冥。偉茲金湯雄，全蜀資藩屏。休養二百年，嚴關宵不扃。自從閩海外，毒漲蛟涎腥。吹唇沸豺虎，羽檄紛流螢。思患有明訓，慎防當未形。擬學棄繻客，羲輪不我停。

眺遠興正長，催歸鳥聲作。扶緑下前溪，去踐黍雞約。是日張和雨召同松山飲〔六〕。回望一天門，在海棠溪上。石骨森廉鍔。薰風出塗洞，炎威如掃籜。粉水汩潺湲，襟塵清可濯。詩情江上霞，畫意林間雀。目成余則同，心賞君應各。招招喚舟子，蘭槳未藏壑。念此逍遥遊，差無世網縛。移文憶北山，或免嘲猿鶴。

【校記】

〔一〕此題《續集》《詩鈔》作《同陳松山遊真武山》，題下又有小序，與此題文字略同，序云：『抵渝城，值大雨，江水暴漲。次夕晴霽，擬爲真武之游。明早視江干，尚隔岸不辨牛馬，余頗有難色，松山意却甚堅，遂由太平門濟，偏歷覺林寺、塗山古剎、覽勝亭諸勝而返。』

〔二〕『將船』，《詩鈔》作『使船』。

〔三〕『者』，《詩鈔》作『人』。

〔四〕『舊』，《續集》作『昔年』。

〔五〕『蒼然』，《詩鈔》作『刷然』。

〔六〕《續集》於『是日』下有『署重慶府學』五字。『張和雨』，《續集》作『張禾雨』。

留别張和雨學博〔一〕時攝重慶府教授篆〔二〕

君來我送君，我去君留我。七尺青氊間，兩如蠶遭裹。歧路忽相逢，豪情殊未挫〔三〕。爲我具盤餐，勞君陳脯果。酸寒掃飣餖，豐腆殊眇麽。談高興倍濃，引滿吾猶頗。共看笑口開，幾見愁眉鎖。揮手上籃輿，酡顔歸畫舸。飄飄耳後風，隱隱鼻端火。剪燭憶巴山，難忘今夕坐。

【校記】

〔一〕『張和雨』，《續集》作『張禾雨』。

〔二〕《續集》無此注。

〔三〕『殊』，《續集》作『初』。

重慶舟中與松山作别〔一〕

扁舟送客二千里，古今高誼誰其匹。幾回劇想話離懷，開口令人忘所以。明朝君作寄公留，我徑飛帆歸故邱。我歸不復雷池出，君留尚擬峩眉遊。峩眉山月半輪寒，照影分成兩處單。欲從君法送君去，翻恐去時别更難。無聊意緒躊躇久，何如忍淚竟分手。按下心頭千叠波，且盡燈前一尊酒。尊酒拚教醉如泥，扶過離船昏不知。僕已换舟下涪陵〔二〕。他年展卷長相憶，我讀君畫君誦詩。歸時松山爲作山水數幀〔三〕，備極灑落之致〔四〕，已裝潢成軸〔五〕。

【校記】

〔一〕『作别』，《續集》作『話别』。

〔二〕《續集》無此注。

〔三〕《續集》於『歸』前有『僕』字。

〔四〕《續集》無『備』字。

〔五〕《續集》無此句。

涪州城晤石麐士山長〔一〕

憶從判襼去京師，廿載音塵隔履綦。月落屋梁空有夢，雲來海嶠總無期。麐士嘉慶丙子鄉榜，乙未大挑一等，選授福建澄海知縣，濶别二十餘年〔二〕。多君知足辭官早，愧我非材撒手遲〔三〕。此日客窻重剪燭，相逢俱是白頭時。

白頭相對倍情親，海内神交剩幾人。蒿目雖逢多難日，投簪幸得自由身。名山事業君應富，小艇圖書我未貧。所恨茫茫江水濶〔四〕，不教容易共昏晨。

【校記】

〔一〕《續集》於『山長』下有『話舊』二字。

〔二〕《續集》無此注。

〔三〕『材』，《續集》作『才』。

〔四〕『所』，《續集》作『可』。

端午前一日，黌士招飲鈎深書院〔一〕，因得徧覽北巖諸勝〔二〕，日暮歸舟作

不次過涪陵，北巖欠一往。前賢有遺蹟，芳徽徒夢想。今兹乞假歸〔三〕，羈縶脱塵鞅。重值鈎深堂，故人方主講。邀我渡魚石，侵晨飛晝槳。飄飄似沙鷗，與波爲下上。瞬息道岸登，快意恣遊賞。平生仰止懷，畢慰此其倘。

一水隔塵囂，蒼烟横翠微。碧梧間修竹，葱蒨拂人衣。入户見清曠，榴花開正肥。仰瞻四賢祠，俎豆生嚴威。音塵若可接，疇敢忘遺徽。元酒味雖淡，朱絃聲未希。陶鑄多宗工，丹漆謹雕幾。無忝此邦彦，鵷鸞常竝飛。四賢祠〔四〕

名理難捷獲，有如瓶汲井〔五〕。欲收挹注功，操縱賴修綆。又譬雙南金，菁華方在礦。鍛鍊苟不至，光榮終匿影。凡深皆用鈎，鈎乃造深境。二字揭涪翁，伊川應首肯。士生千載後，幸得聞要領。暮鼓與晨鐘，當前須猛省。鈎深堂

柳州論名勝，奥如兼曠如。得一亦已難，况復二美俱。惟兹北巖間〔六〕，虚實相乘除。鈎深摭實〔七〕，致遠遠涵虚。危亭一登眺，衆象皆包儲〔八〕。浩蕩融心神，恍遊太古初〔九〕。薰風吹嵐翠，千里來襟裾〔一〇〕。宜乎遷謫人，樂此忘毁譽〔一一〕。致遠亭

石脈隱蒼潤，涓涓成細流。旁有古洞存，俯視盡一州。曩昔程伊川，讀易此居游。奥義闡羲文，一編遂千秋。彦明紹興間，避地追前修。高築三畏齋，師説親旁搜。我來訪故址，斷碣蝕龍虬。兩公不可見，景行心悠悠。點易洞

覽勝跡已窮〔一二〕，幽探心未足。主人促客歸，庖正黍雞熟。對酌榴花前，殷紅映酒緑。座

間出新詩，雋永甘於肉。倘容胥鈔去，可供半歲讀。重謀手澤留，烟雲揮滿幅。廖士工書，是日爲余草書數幅〔一三〕。羲御下高春，回舟隨日轂。耳目得雙清，玆遊差不俗。

【校記】

〔一〕『廖士』，《續集》《詩鈔》作『石廖士山長』。
〔二〕『偏覽北巖諸勝』，《續集》《詩鈔》作『偏遊北巖諸古蹟』。
〔三〕『歸』，《續集》作『來』。
〔四〕《續集》無此注。以下三首分别於末句下注所游之地，《續集》亦無。
〔五〕『汲』，《續集》作『墜』。
〔六〕『巖』，《詩鈔》作『崖』。
〔七〕『摭』，底本及《續集》均作『蹠』，據《詩鈔》改。
〔八〕『皆』，《詩鈔》作『爲』。
〔九〕『恍』，《詩鈔》作『如』。
〔一〇〕『來襟裾』，《續集》作『來衣裾』，《詩鈔》作『落衣裾』。
〔一一〕『樂此』，《詩鈔》作『至此』。
〔一二〕『窮』，《續集》作『周』。
〔一三〕『草書數幅』，《續集》作『作草書數紙』。

由涪州上龔灘舟中雜感

浩淼延江水，年來變又新。山枯時墮石，灘漲倍驚人。命恐波心擲，襟頻岸上振。篙工知戒險，一步一逡巡。

雪浪飛千尺，灘光照眼來。持危空有願，濟變苦無才〔一〕。路覓羊腸轉，舟憑蜃窟開。幾番驚纜斷，鷁退並能迴。

正閱河山險，奇愁重莫捫。巖疆烽火急，鬼國虎狼屯。膽怯兵先潰，援孤令不尊。傳聞思水畔，多少未招魂。

日見浮屍下，江風盡血腥。軀存頭半失，魄落鬼無靈。枉抱千秋痛，難飛午夜螢。國殤誰與卹，積慘徧迴汀。

更有崩城慘，誰家少婦屍。可憐將朽骨，猶挈共亡兒。舟次龐灘〔二〕，流過一女屍，手尚携穉兒。啄免飢鳶禍，墳無葬藁時。仁人如掩骼，莫使鬼雄欺。

泊舟江口鎮，風鶴試親探。燕去無完壘，魚沉有斷函。逃生蘿徑覓，守死木芽甘。未雨綢繆計，何人可快談。

見説黔中路，薪將厝火然。道逢飛櫂客，多是避災船。樹遠成疑陣，烽高誤晚烟。老夫心定久，入夜尚安眠。

古黔來望後，冒雨入城東。歸路沿黄葛，横江亘白虹。五月十六夜初更後，有白虹横跨彭江上。咎徵人共詫，元象孰能通。幸有賢明尹，消弭應不窮。謂王明府個山。

解纜舟師急，同行夢未安。訛言成虎易，定力得民難。雲暗天無色，風淒雨欲酸。緑陰軒好在，咫尺欠盤桓。

計里龔湍近，翻餘伏莽憂。礮聲聞隔岸〔三〕，飄影殢中流。勇借屯丁力，窮將鼠子收。公然書畫舫，安穩上灘頭。

【校記】

〔一〕『才』，《續集》作『材』。

〔二〕『龐灘』，《續集》作『盤灘』。

〔三〕『聞』，《續集》作『傳』。

龔灘起程道中占

溪雲釀雨上烟鬟，鳥道藤蘿未易攀。遲速祇今都不礙，笋輿人是一身閒。

小隊弓刀照眼明，赳桓氣使客心驚。那知夾道歡迎衆，原是團中子弟兵。

年來捧檄扞鄉隅，濡跡曾勞望眼枯。底事重煩諸父老，殷勤爲我戒歸途。

歸途隨地足壺觴，肯使他鄉勝故鄉。解職朋情如許厚，人間何處有炎凉。

五月二十四日抵家

濃緑陰中響杜鵑，居然垂老得歸田。到家已是端陽後，猶見鄰家艾虎懸。

比鄰遠近盡娱嬉，存問殷于入仕時。聽到平安争慰藉，者番危險本難知。

安危回首未模糊，剪紙招魂困始蘇。不識渝城分袂客，峩眉遊徧到家無。謂松山參軍〔一〕。

塵寰離合信萍蓬〔二〕，千里帆回轉瞬中。想得金淵諸好我，有人雲樹憶川東。

【校記】

〔一〕《續集》無此注。

〔二〕『塵寰』，《續集》作『塵緣』。

長夏里中雜詠〔一〕

習静蕭齋逈絶塵，今朝才得息勞薪。安排瘦菊叢荒徑，料理長鑱託比鄰。伏枕拚教詩作祟，忘機閒與物爲春。缸頭酒熟蛆浮緑，暢好呼朋酹葛巾。

宦海飄回貫月槎，蓬廬何事足生涯。舊詩删去重尋草，老眼昏來漸起花。夢斷秋風賡蟋蟀，痴餘官地問蝦蟆。褒譏久付悠悠論，避暑頻時敞碧紗。

溪山深處任優游，興味蕭然似野鷗。問字客來花下屐，彈棋人上竹間樓〔二〕。不妨命薄文章賤，且喜官卑老病休。賺得披吟消永日，一編寒瘦又從頭。

【校記】

〔一〕《續集》於題下有注云：『以下歸里後作。』

〔二〕『彈棋』，《續集》作『彈琴』。

初凉

壺天日月太犇忙，駐景難憑海上方。舊死親朋頻入夢，新栽榆柳粲成行。驚秋我自聞鵖鴔，貰酒人誰典鷫鷞。閒約鄰家老桑苧，好携壺榼趁初凉。

秋夜讀史有感〔一〕

彷像昆池劫未終〔二〕，妖星又蝕海雲紅。輸龍誓泠秦時約，縛虎勛遲漢將功。何處丸泥能塞險〔三〕，幾人杖策學從戎〔四〕。燈前顧影憐衰暮〔五〕，空祝髦頭落太空。

園林曾詡故山安，底事歸來息影難。風鶴聲驚羅甸鬼，欃牛雲黯武溪蠻。幾聞釜底魚能活，怕有刀頭血不乾。可幸閭閻知敵愾，争磨白梩礪鄉團。

吟秋與客夜登臺〔六〕，摇落彌增宋玉哀。此夕星河天上動〔七〕，頻年鼓角地中來〔八〕。輓輸民力愁將竭，壁壘營門望早開。六郡蹶張良可用〔九〕，專征誰是濟時才〔一〇〕。

【校記】

〔一〕『秋夜』，《詩鈔》作『秋後』。

〔二〕『昆池』，《詩鈔》作『昆吾』。

〔三〕『塞』，《續集》《詩鈔》作『扼』。

〔四〕『幾人』，《詩鈔》作『有誰』。

〔五〕『衰暮』，《續集》《詩鈔》作『遲暮』。

〔六〕『與客夜登臺』，《詩鈔》作『有客共登臺』。

〔七〕『此夕』，《詩鈔》作『萬里』。

〔八〕『頻年』，《詩鈔》作『十年』。

〔九〕『可用』，《續集》《詩鈔》作『足用』。

〔一〇〕『濟時』，《詩鈔》作『濟川』。

九月二十二日淩公棣生、李公萍洲兩刺史奉檄進剿黔匪，發團中丁壯，屬兒子文愿率之，自成一隊，草此戒之

小隊弓刀静不譁，蹶張子弟盡良家。可堪烽火奇才煉，莫漫超投盛氣誇。掃穴慎防蠭有毒，穿墉誰謂鼠無牙。捷書蚤向偏師奏，免使倚閭望眼花。

雙忠行爲凌、李二公作〔一〕

竹王去後餘蛇豕，捩柁狗頭揭竿起。賊首田母狗本操舟無賴子。一狗狺狺羣狗隨，狂噬血染思江水。邊吏扞禦力不支，兩公先後來視師。誓掃鯨鯢報天子，勇氣頓振千熊羆。巖疆九月風怒號，戈鋋耀雪霜天高。部分掊鹿爲掎角，洪爐焈尺鴻無毛。厭亂誰知非彼蒼，前驅空詡踰山梁。困獸泥中竟敢鬭，狗膏滑馬猶鴟張。螢弧幾度摩賊壘，營頭星名忽壓鼓聲死〔二〕。逐瘈人驚走華臣，靴尖踢斷奔難止。寒芒一夜摧雙星，聞將戰前夕，有大星二墜山椒。鑾花仡草飛青燐。雄心未艾頭先失，壯志徒齎目肯瞑。吁嗟凌公及李公，神威久震川西東。不死天狼死天狗，升沉消息殊朦朧。臨風灑涕澆杯酒，馬革欽茲同不朽。泚筆爲賦雙忠行，薦腥還思烹狗首。

【校記】

〔一〕《續集》於題下有序云：『黔匪田逆之亂，凌棣生、李蘋洲兩刺史奉檄征之，九月二十九日至胡家坪，遇伏兵潰，二公皆殉難。』

〔二〕《續集》於『營頭』下無『星名』二字，而於句末有注云：『營頭，星名。』

思渠之役，員弁死事者數人，州孝廉徐京甫、茂才冉樹村與焉，二君皆鄉里保障才也，并弔以短句〔一〕

莽莽黔南路，妖氛掃不開。同仇探虎穴，奪險蹶龍媒。天意真難測，風聲劇可哀。何緣餘殺運，偏殞棟梁材。

戰豈書生事，籌邊竟殺身。死能爲毅魄，生不愧全人。碧血同埋處，丹楓入望辰。幾行知己淚，酸惻數沾巾。

【校記】

〔一〕《續集》無『并』字。

冬初野望

曳屧柴門外，荒凉一望真。乾坤成浩刧，藩翰失勳臣。戍古邊愁重，烟寒野哭新。無因尋渤海，拊卹亂離民。

聞報偏師搗，全軍有健兒。渡河遲鴈信，振旅望纛旗。鳥道防疎失，貍阬戒久覊。皇穹如悔禍，俘馘詎無時。

對雪偶成

一色痴雲凍，風饕雪有聲。河山同慘淡，耳目倍淒清。訪戴心空切，尋袁路不平。可堪遲暮景，邊圉未休兵。

雪霽夜占

殘雪四山消，月華仍積素。庭中春意回，悄入梅花樹。冷香陣陣沁心脾，老鶴褷褷夢不知。明發巡檐親索笑，柴門應有花光照。

除夕

百年塵世本無多，羈泊那堪歲月磨。可幸歸來彈鋏後，猶能白髮老烟蘿。

短裘犯雪記吾曾，老嬾今如退院僧。果是清時閒有味，消寒但借讀書燈。

燈前檢點舊詩篇，遊歷分明賴紀年。悔把麻沙供笑柄，異時難值一文錢。

冷偪疎檽夜有霜，梅花隱隱透新香。居然又得春消息，管領誰爲隔歲忙。

己未

元日試筆，以『不辭最後飲屠蘇』衍成三絶

不辭最後飲屠蘇，人道今吾勝故吾。那識年來行藥處，風淫猶未起偏枯。

隊逐衣冠夢已無，不辭最後飲屠蘇。狂吟恰有雄心在，昨夜敲殘玉唾壺。

雲烟過眼疾飛烏，回首風塵半畏途。猿鶴可堪成老伴，不辭最後飲屠蘇。

春郊散步〔二〕

杖藜扶我過前津，楊柳依依緑未勻。底事杏花偏得氣，枝頭開已十分春。

夕陽紅處晚烟微，燕子銜泥嬾不飛。爲問雕梁春睡穩，可曾故國夢烏衣。

老來心性愛蕭閒，月出東林尚未還。自笑此身堪入畫，橋邊倚樹看春山。

【校記】

〔一〕『散步』，《續集》作『即事』。

自題《清白江歸舟圖》後

圖爲金堂陳上舍吉堂畫贈〔一〕，諸朋好皆有題詠，暇日偶展此卷，感賦二絶。

買得扁舟一葉輕，了無長物壓行程。堆床恰有書千本，可使蛟龍浪不驚〔二〕。

緑肥紅瘦放船時，惜别争投畫裡詩。潭水桃花同繾綣，披圖差不愧鬚眉〔三〕。

【校記】

〔一〕『金堂』，《續集》作『金邑』。

〔二〕『浪』，《續集》作『睡』。

〔三〕『披圖差不愧鬚眉』，《續集》作『令人千載見鬚眉』。

春雪

春曉雪風驕，紛紛柳絮飄。千山同一白，幾日未全消。哀角沉荒戍，疲驢怯小橋。誰能師李愬，奇績奏今朝。

屠狗謡喜胡家坪賊潰也。

妖雲連夕蝕天狗，日日鐃歌盼折首。雄才果得提彌明，逆踆能使羣獒走。憶從去年九月秋，領軍輕敵無成謀。枉把頭顱送饞口，僵屍填委山靈羞。酸風慘裂繡螯旗，一蹶屯團皆不支。旅拒但憑江水濶，猖狂静聽歷多時。吹唇肆爪疇敢問，幸有人能識狗性。投骨山椒俾自争，乘機一鼓深宵進。喊聲震地礮鳴雷，夢中驚起營門開。自相蹂躪昏不辨，連雞壁壘咸崩摧〔一〕。薰天十里飛烟光，小狗大狗奔踉蹌。顛崖墜澗紛枕藉，擒斬之數畧相當。糗糒芻茭盡席捲，覆巢可喜無完卵。未將餘憾慰忠魂，突圍尚脱獰毛犬。田逆漏網〔二〕，殊屬可恨〔三〕。

【校記】

〔一〕『崩摧』，《續集》作『崩隤』。

〔二〕《續集》於『漏網』前有『竟』字。

〔三〕《續集》無此句。

題陳少府酉樵《蕉窻臨帖圖》〔一〕

背郭望西山，白雲羃幽谷。中有臥雲人，誅茅此結屋。窻前百本蕉，玲瓏映修竹。紅塵飛不到，心肺僵寒緑。乘興每揮毫，烟雲生滿幅〔二〕。柳骨及顔筋，千秋一手續。才高得蹭蹬，屢躓騏驥足。十載客京華，奔馳空碌碌。歸來氣益健，法帖堆筍束。藉與古爲徒，坐忘隙駒促。誰歟寫此卷，元氣紛可掬。題詠盡珠璣，新詩粲盈軸。憶我與君交，情欵亦非俗。祇惜疲胖疲，末由企芳躅。學書老不成，編杠墨池讀。草草贅塗鴉，寄君應捧腹。

【校記】

〔一〕『圖』，《續集》作『卷子』。

〔二〕『雲』，《續集》作『霞』。

清明夜雨枕上占〔一〕

息影蓬廬少俗攖，梨花落處又清明。閒愁久逐浮雲散，遠思偏隨夜雨生。幾輩簪裾虚酒醆，百年鉛槧老燈檠。回頭往事正真如夢，簷鐵鏦錚夢尚驚。

春殘夜半柝聲柔，凉薄湘簾氣似秋。多病何時抛藥裹，不眠隨意數更籌。參天樹影當窻暗，捲雨蕉心隔院抽。併作一窻閒點綴，吟成王粲欲登樓。

【校記】

〔一〕《續集》無『枕上占』三字。

題徐秋山别駕《秋江送别圖》圖爲之忠州别駕任時作〔一〕。

蜀江秋色比官清，打槳中流自在行。一路烟霞歸管領，畫中何處别愁生。

不將身世等浮鷗，爲有君民願未酬。桃李東坡真可幸，銜官又得白江州〔二〕。

枇杷花下俗塵空，寫入礬頭更不同。安得銅絃兼鐵板，爲君時唱大江東。

【校記】

〔一〕《續集》無此題注。

〔二〕『得』，《續集》作『見』。

杜門

杜門不復出，久與世情疎。補拙商新課，消閒讀舊書。暑隨殘雨歇，凉入夜窻虚。一枕羲皇上，陶然味有餘。

長夏過馬喇湖道中感舊作

昔年遊歷地，到眼認分明。山尚前番好，材多别後生。銷魂如許樹，砭俗可憐鶯。不作重來客，渾忘歲籥更。

晚宿草壩場人家〔一〕

落日深山早，蒼然暮色昏。歸鴉争樹宿，遊屐帶雲屯。獶雜難爲寓，清涼幸有村。蘧廬聊暫託，鴻爪又留痕。

【校記】

〔一〕《續集》無『人家』二字。

過雙龍寺

亂松圍繞處，一角見浮屠。樹想龍鱗瘦，巢應鶴夢孤。幾人能選佛，此地足專愚。往日留題處，籠紗事有無。

輓冉封翁魁光外叔太父

年來南極望猶明，驀地風傳唳鶴聲。食客三千齊灑淚，歌夫那忍獨忘情。余館公門下者三年〔一〕。

消受榮華八十年，人人共詡地行仙。緣何撒手瑶京去，不管孫曾未了緣。

丹旐飄零漾夕暉，麻衣如雪滿庭幃。傷心老子青牛馭，一過流沙竟不歸。

苦被沉疴尚未蘇，遲來匝月冷黄壚。平生頗信蠅知己，鑒我靈前一痛無。公病革時，走伻招僕，僕亦正卧床，因未及領遺教〔二〕。

【校記】

〔一〕『余』，《續集》作『僕』。《續集》無『者』字。

〔二〕《續集》無此注。

秋夜感懷

自傷秋士慣悲秋，怕看人間大火流。幾夜風霜催下葉，百年身世等浮漚〔一〕。蒼生失望官何補，青史無傳鬼尚羞。燈畔偶披游俠傳，又餘奇氣到雙眸。

蕭瑟商飈帶夢聽，蟲肝鼠臂忍忘形。孱軀此際花同瘦，短鬢多年草不青。暫借詩歌抒抑塞，難憑鱸膾慰飄零。棲鴉也有憂時意，竟夕哀鳴伴獨醒。

灝氣宵澄薜荔帷，茫茫景物動遥思。魚龍寂寞知何處，風露高寒偪此時。盱豫自慙前箸短，童觀誰悟積薪痴。劇憐干羽修文後，又聽西南介馬馳〔二〕。

兩載衡門學息機，老懷偏與素心違。貔貅火起孫君竈，荷芰秋寒屈子衣。三窟藏身輸兎狡，一竿混迹尠魚肥。曉來滿掬鮫人泪，梁父吟成衹自揮。

【校記】

〔一〕『等』，《續集》作『促』。

〔二〕『聽』，《續集》作『見』。

冬初紀事

邊徼才銷犬吠聲，山中貓鬼復縱横。賊首郎官陳顯發等，叛據猫猫山〔一〕。染人豈解撑螳臂，陳本染匠〔二〕。即位翻教集蟻兵〔三〕。刼换紅羊灰不死，弦開青犢鏑仍鳴。騷除竈上非難事，伏闕誰人學請纓。

天弧竟不射封狼，參足年年夜有光。諭蜀漫矜三寸舌，平蠻空結九迴腸。蕭條井里炊烟斷，偪仄關河落月黄。聞道嫖姚新授鉞，來蘇拭目待巖疆。

【校記】

〔一〕《續集》無此注。

〔二〕『陳本染匠』，《續集》作『賊首陳顯發本染匠』。

〔三〕《續集》於句下有注云：『逆首郎官郎宦，叛據貓貓山。』

歲暮書感〔一〕

栗冽風寒蹙季冬，芒鞋何處試扶筇。青精有飯仙難覓，黄獨無苗雪又封。醒眼但看燈慘淡，驚魂那得夢從容。不才自昔甘匏落，也學窮途哭嗣宗。

案上香橙手自搓，心脾雖沁奈愁何。挑燈漫續《蕪城賦》〔二〕，拔劍高吟斫地歌。亂世情懷多激切，暮年歲月易蹉跎。邊烽擬借銀潢洗，生恐冰凝水不波。

【校記】

〔一〕『書感』，《續集》作『夜占』。

〔二〕『續』，《續集》作『讀』。

梅花

雪裡梅花放，花香雪亦香。小橋驢子背，忙煞孟襄陽。

掃盡趨炎態，能開冷處花〔一〕。不知明月夜，清夢落誰家。
倏然推拔萃〔二〕，竹外一枝横。清絶詩人骨，修來是幾生。
想把孤芳頌，標高琢句難。冰甌閒滌筆，凖擬畫來看。

【校記】

〔一〕『能』，《續集》作『頻』。
〔二〕『拔萃』，《續集》作『拔俗』。

訪友

爲訪梅花出，因將舊雨過。到門流水静，堆案亂書多。野趣清如許，豪情老不磨。談深還共笑，霜髩兩婆娑。

候蟲吟草卷十一

庚申 師稼齋存草

師稼齋示同學諸子

未了皋比債，研經墨又磨。文章新歲少，弟子故人多。夢好尋宜樹，愁應失溢河。恰憐明鏡裡，白髮久婆娑。

老拙謀生計，情難北面辭。半氊聊度日，多士漫相師。几淨窻明處，鶯啼燕語時。羣居原不惡，講習望孜孜。

莫道垂帷苦，名山事業尊。綺春風入座，花夕月當門。活潑天機足，纏綿友誼敦。箇中真意趣，相對可忘言。

勸學前模在，懷猶耿耿明。食蜞逃後死，秉燭趁餘生。髮任霜堆鬢，書憑帙作城。日新期共勉，蔗味老彌清。

讀孟輿先生《浽江詩抄》書後

不見劉通事，于今已十霜。風詩天際落，雅願夢中償。佛慧金堪鑄，仙才斗莫量。何因全豹睹，齒頰盡霏香。

斬新開世界，一讀一心傾。碧海長鯨掣，寥天老鶴橫。齊梁誰並駕，韓杜此雙聲。放筆觀餘子，箏琵空復情。

羞作尋常語，思沉響益超。蠡書千鬼泣，霄褐百靈朝。命惜才爲祟，愁空酒自澆。祇應壇坫上，終古位難祧。

聚首金淵憶，曾將緒論親。心虛胸有竹，喙硬眼無人。展卷情如晤，分題跡未陳。奚緣重翦燭，欵欵話前因。

柳枝詞

淺碧輕黄拂地垂，居然天付好腰支。曉風殘月銷魂處，青眼迷離却爲誰。

知是無情是有情，看來常自不分明。禪心久作沾泥絮，憑爾花前百媚生。

弱植新教雨露偏，成材容易望參天。祇愁他日桓司馬，難免攀條重泫然。

健兒行

兩載急邊防，猶未俘頡利。角聲吹曉風，羽檄流星似。專閫有長才，閭閻争慕義。健兒好身手，矯矯熊羆氣。聯翩應募集，頗復工擊刺。裝束短後衣，莽不鏑鋒避。敢死良足嘉，輕生亦可忌。威惠苟失宜，飛揚或難制。寄語大將軍，留心謹銜轡。

花帽歌

罡風幾日吹腥羶，花帽蠻奴來控弦。黄皮縛袴蓬髮鬖，猩言鳥語象胥傳，如虎如貔競騰騫。

謂宜鼠子擒蛇淵，鐃歌側聽殊不然。旄頭一撲妖星躔，前茅摧挫後勁顛。鼓聲再擊聲難圓，鑾鎗老抱緑沉眠。回憶初過酉江邊，道旁攫噬流饞涎，螳何怒蛙何悁悁。云何小蹶遽伏跧，官帑虚縻千復千，到頭那值半文錢。君不見沿門托鉢求人憐，雙蚨重繭衣裂穿，竟有去冬花帽簷。

讀劉孟輿《俠女圖題辭》，感而有作〔一〕

紅樵李觀察令金堂時，出此圖屬題，坐客皆擱筆，惟孟輿奮袂大書，生氣凜凜，勃跳紙上。今重讀之，當年夜集情態宛在目前，而李早歸道山，劉又遠隔數千里外〔二〕，懷人感舊，交集簡端，長句續貂，憑譏狗尾。

龐娥已殁秦休死，間氣復鍾奇女子。手提匕首抉讐頭，鬱怒猶餘髮上指。觀察當年出此圖〔三〕，燈光慘碧雲模糊。賓客滿堂盡咋舌〔四〕，屬題誰敢争前驅。涹江老人獨神勇〔五〕，潑墨淋漓天爲動。俠骨能傳聶隱娘，鬼才投地仙才恐。夢冷南皮已十霜〔六〕，開函觸目增蒼凉。采石騎鯨人不返〔七〕，雁飛難盡蜀江長〔八〕。况復吹脣多反側，畫聖詩豪那再得。案頭擲筆學龍吟，晚霞驚作胭脂色〔九〕。

【校記】

〔一〕《續集》《詩鈔》題作《讀劉孟輿〈俠女題詞〉感賦并序》。

〔二〕『數千』，《續集》《詩鈔》作『二千』。
〔三〕『觀察』，《詩鈔》作『仙李』。
〔四〕『賓客』，《詩鈔》作『賓從』。
〔五〕『獨』，《詩鈔》作『賈』。
〔六〕『已』，《續集》作『倏』。
〔七〕『采石騎鯨』，《詩鈔》作『騎鯨采石』。
〔八〕『江』，《詩鈔》作『天』。
〔九〕『驚』，《詩鈔》作『默』。

蠻觸謡

蝸頭左右矜開國，蠻觸同忘宇宙窄。妄思兼并生戰争，角尖交灑元黄血。今年晉伐秦，明年齊侵楚。布陣空鸛鵝，望氣誰龍虎。汝缺汝戕破汝斧，不戢自焚汝何苦。秋風一老蝸涎殘，兩雄均作黏壁乾。何若蟭螟守蚊睫，覆巢不驚真安宅。

擬古二首〔一〕

幽州馬客吟

驊騮甘伏櫪，饑不走風塵。志士忍寒餓，無錢也作人。

墻上蒿

黄蒿生古牆，離離異眾草。莫誇得地高，須念秋風早〔二〕。

【校記】

〔一〕《續集》無此大題，而分别以兩小題《馬客吟》《墻上蒿》爲正題。

〔二〕『念』，《續集》作『識』。

種菊

小有淵明癖，生涯寄種花。雪鴻留印處，便借菊爲家。

一樣霜中傑，栽培性不同。因材參妙悟，勉勉趁春風。

樹椶更編籬，勤施無久暫。安排晚節香，點綴秋客淡。

秧歌

望杏瞻蒲日幾巡，一年活計在三春。秧針刺水成濃緑，忙煞高原打麥人。

桐華落盡楝花稀，燕子銜泥繞宅飛。看看插秧時節近，連宵親補緑蓑衣。

農功交迫敢偷安，曉起開門尚薄寒。騎着烏犍浮鼻去，溪頭牽動釣魚竿。

地僻山高日上遲，家家臺笠聚東菑。東阡插徧循南陌，特地蕭閒祇鷺鷥。

廚前少婦學當家，村酒煨紅更煮茶。炊黍蒸藜忙不了，那能抽空紡棉花。蜀語謂酒熟者爲紅，謂得閒爲抽空。

布穀聲聲夏令催，乾田待雨喜聞雷。茶歌罷後秧歌起，又見軍前客子回。山田待雨始能栽種者，俗名雷公田。

哀石大令廖士

春初聞廖士於去夏已作古人，未確也。今有客自涪陵來，詢之非虛，詩以述哀，率成四首〔一〕。

客邸重逢話夜分，戊午夏，歸過涪陵，與廖士把晤流連永夕〔二〕。夢來謦欬尚堪聞。何緣信斷瀟瀟雨，忽漫愁生黯黯雲。壽骨竟難憑鶴貌，廖士云，風鑒家謂渠有壽者相〔三〕。奇書誰復換鵝羣。時年七十餘〔四〕，求書者尚踵相接〔五〕。芙蓉城主還曾否〔六〕，安得魂招一問君。

談天炙轂憶權奇，共詫虹霓兩鼻吹〔七〕。無用羞同雞斷尾，必傳那但豹留皮。名場遇合偏多誤，宦海浮沉煞可疑。小試牛刀長縮手，空餘霜雪上吟髭。

歸來閩海閉關初，俠氣崚嶒老不除。破俗重翻無鬼論，捫懷慵廣絶交書〔八〕。客資問字頻攜酒〔九〕，橋爲尋詩獨跨驢。七十餘年彈指過，楓林月黑恨何如〔一〇〕。

蕭齋竟日轉腸輪，一束生芻痛莫伸。綺席談心才隔歲，天涯回首遽陳人。瑶琴響絶千秋調，古錦誰收百代珍。哭墓能來應宿草，蒼蒼雙鬢况如銀。

【校記】

〔一〕《詩鈔》無『四首』二字。

〔二〕『與』，《續集》《詩鈔》作『共』。

〔三〕『謂』，《續集》《詩鈔》作『言』。

〔四〕《續集》《詩鈔》於『七十』前有『已』字。

〔五〕《續集》《詩鈔》於『踵』前有『趾』字。

〔六〕『曾』，《詩鈔》作『存』。按：疑當依《詩鈔》作『存』。

〔七〕『訛』，《續集》作『説』。

〔八〕『捫』，《續集》作『寬』，《詩鈔》作『淡』。

〔九〕『資』，《詩鈔》作『貪』。

〔一〇〕『恨』，《續集》《詩鈔》作『悵』。

長夏師稼齋雜詠

養拙寄蕭齋，春殘夏復深。天高雲易盡〔一〕，日永夢難尋〔二〕。風蟬鳴樹間，嘒嘒如有心。散髮出柴扉，遐思生遠岑。遠岑思若何，枯澤孰爲霖。蔚兹禾黍秀，毋使驕陽侵。秋成足酒醴，家不憂釜鬵。輓輸雖則疲，民力尚堪任。

野曠少塵坱，嬉遊愁可破。涼風吹葛裾，與客藉草坐。草長正丰茸，蒼翠不容唾〔三〕。比鄰有田叟，攜鉏依肘過。呼之話桑麻，雨晴知勸課。敦樸見古風，渾忘天地大〔四〕。我輩素心人，幸各免寒餓。林箊方解籜，子唱應余和。

傍晚羣動息，山光倍蕭爽。踆烏甫西沉，玉兔又東上。開軒延夕霽〔五〕，清意足林莽。枝頭鳥夢閒，葉底螢輝朗。庶彙均有託，餘生復奚往。不見古雄豪，榮枯幻反掌。利名日馳逐，誰免埋黃壤。虛室得空曠，何如任俯仰。

少小不知命，誤爲情慾牽。一墮塵網中，勞勞數十年。微毛刮龜背，辛苦期成氊。苜蓿雖偶嘗，味薄無餘鮮。霜華堆兩鬢，纔獲歸田園。舊時手植松，濃綠已參天。往跡既莫追，來途猶堪憐。桑榆未即暮，晚節當彌堅。

【校記】

〔一〕『雲易盡』，《續集》作『易雲盡』。

〔二〕『夢難尋』，《續集》作『難夢尋』。

〔三〕『蒼翠』，《續集》作『蔥翠』。

〔四〕『天地』，《續集》作『地天』。

〔五〕『夕霽』，《續集》作『野趣』。

雨後望月〔一〕

雨霽烟光斂，推來月一輪〔二〕。似憐孤館寂，爲照白頭新。望遠山浮黛，當空水瀉銀。憑欄重搔首，誰與認前身。

【校記】

〔一〕《續集》於『望月』後有『有成』二字。

〔二〕『推』，《續集》作『霏』。

感事

邊徼困烽烟，民流天不憐。出師曾六月，零雨竟三年。小醜梁猶跳，長才脰又捐。汪松舟會征郎逆，戰功最著，賊以大霧刼其營，遂遇害。何時趙充國，振旅奏屯田。

立秋後一日〔一〕

一葉庭梧下〔二〕，驚心節序催。雨從今夕霽，秋是昨宵來。薄伐誰三捷〔三〕，清風望九垓〔四〕。閒情無着處〔五〕，待月獨徘徊。

【校記】

〔一〕《續集》於『一日』後有『口占』二字。

〔二〕『庭梧』，《續集》作『梧桐』。

〔三〕『薄伐誰三捷』，《續集》作『吸露誰三島』。

〔四〕『清風望九垓』，《續集》作『凌風憶九垓』。

〔五〕『無着處』，《續集》作『無處着』。

雨夜與客説鬼戲作

鬼風辛酸鬼燈碧，嘯雨寒鴟作人立。黄蒿徑僻雲爲愁，足繭荒山來遠客。客來戴笠如圓瓢〔一〕，酒酣氣逸難藏弢〔二〕。説劍方長復説鬼〔三〕，滿堂蘿薜聲蕭騷。前身不數干令升，搜神搜盡徵洞冥。新編重演聊齋志〔四〕，新鬼故鬼紛呈形。土伯觺觺角其首，血拇敦脄無不有。千歲髑髏森齒牙，猙獰幾欲攫人走。我亦平生頗嶔崎，秋墳喜唱鮑家詩〔五〕。姑妄言之姑妄聽，舌乾耳塞同忘疲。鈎得鬼魂攝鬼魄，暢懷不覺天地窄。杯盤狼藉鬼眼饞，雄雞一號東方白。

【校記】

〔一〕『圓』，《續集》作『圜』，《詩鈔》作『團』。

〔二〕『氣逸難藏弢』，《詩鈔》作『逸氣不可弢』。

〔三〕『方長復説鬼』，《詩鈔》作『未畢又説鬼』。
〔四〕『演』，《續集》《詩鈔》作『衍』。
〔五〕『唱』，《續集》《詩鈔》作『讀』。

桂花歌

桂樹叢生山之幽，連蜷偃蹇枝相樛。元氣冲融誰與徹，花光簇簇堆黄雪。金飈破曉一飄揚，十里五里霏奇香。奇香馥郁紛難狀，靈根本自傳天上。偶與紅塵結世緣，霓裳小隊來翩翩。翻然折得高枝去，便許人間滿清譽。桂兮桂兮香若何，芳情誰似爾生多。但願百歲千秋無斧柯，長隨銀蟾玉兔伴姮娥。

九日登高寄慨

正氣乾坤尚未孤，山中羣盗敢枝梧。偷生已迫魚遊釜，扼險惟憑虎負隅。可信鯨鯢終就戮，誰云斧鉞竟稽誅。安邊蚤定籌邊計，莫任登臨望眼枯。

夜坐

獨伴孤燈坐，蒼茫百感生。淒風吹落葉，竟夕作秋聲。老至人難避，愁多夢不成。高吟猶蟋蟀，抱膝若爲情。

南防捷

猫猫山賊平也。賊被圍日蹙，脅從者謀内應，十月二十一日夜，官軍會擊之，首惡皆就擒，紀以長句〔一〕。

草薙遺荒郊，蔽虧猫鬼伏。灰噓東郭盧，恣肆爪牙毒。誰其尸者郎與陳，梯崖棧谷高嶙峋。含沙之弩螳螂斧，苞蘖三芽春復春。掣電羽書徵彍騎，射聲勁旅川黔至。投距更添白梃兵，發鉶争欲銛鋒試。不合邅蔓輕猫兒，桃林險奪猶窮追。誘我竟忘故示弱，磝碻覆起紛離披。初失楊難當，繼喪童汪踦，肉薄三軍幾不支。嘉州太守智且武，聞兹敗衄赫然怒。雲捎大纛飛天王〔二〕，督師淮蔡師裴度。不貪小利不求速，步步先把長圍築。賊絶外援勢日蹙，白晝時看老樹哭。採樵無扞得隱情，内有縛主謀全生。反正暗傳寬大令，稽首厥角如山崩。夜斫寨，官軍入。吁宵開營，賊間出。箭叫餓鴟磤驚雷，不斷頭顱便折足。烟中擒盡野狸族，頓使春温回黍谷。嗟乎！蟲沙大刼雖非偶，草竊負嵎安可久。殺人人亦殺其身，胡爲自外葛天民。

【校記】

〔一〕《續集》無『紀以長句』四字。

〔二〕『飛』，《續集》作『來』。

凱歌

霏霜如霰點征袍，兩載邊庭困驛騷。見説天山三箭定，健兒齊鞘赫連刀。

將軍營外月初殘，稍尾矛頭血未乾。一片鼾聲添曉夢，夢中蝴蝶盡團欒。

居然樂府唱刀環，幾路懽聲入故關〔一〕。世亂可知不難靖，祗愁韜畧少身嫻。

楊柳去時緑正肥〔二〕，歸來雨雪欲霏霏。彭排冷抱車邊宿，火伴惟嫌酒力微。

風清露布雨清塵，丁壯都成自在身。但使全家安稼穡，不妨懋賞讓他人。

盾鼻磨殘一斛螺，蒼凉曾記漢兒歌。龍城飛將如長在，洗甲那須借絳河。

【校記】

〔一〕『入故關』，《續集》作『聽入關』。

〔二〕『楊柳去時』，《續集》作『去日垂楊』。

冬曉偶占〔一〕

風淒夜半犁星没，大澤平明水生骨。瑟縮寒鴉凍不啼，荒村雲氣空蓬勃。去冬此際正烽烟，裹糧荷甲勞周旋。今茲幸得靖豺虎，短裘大被恣酣眠。鄰家老叟通元象，爲語妖氛尚有狀。但願此説卒無徵，年年高枕羲皇上。

【校記】

〔一〕『偶占』，《續集》作『偶成』。

善後辭爲署刺史王公个山作

善後資籌畫，循良裕遠猷。衣袽終日戒，桑土迨天收。險奪烏蠻魄，公下車即飭修隘卡百餘座，其由黔入川諸處尤極堅好〔一〕。春回白傅裘。鄉團查點處，四野有新謳。

痛癢關心甚，深宵入夢難。公辦公恆徹夜。催科甯守拙，斷獄忍嫌寬。月朗妖氛靖〔二〕，冰清戍火殘。綢繆如許密，鴟侮復誰干。

【校記】

〔一〕《續集》無此注。

〔二〕『靖』，《續集》作『歛』。

解館留别諸同學

聽到雞聲唱曉天，晨燈夜燭共纏綿。明知小别無多日，可奈重來是隔年。離索幸教桑梓近，居遊未讓鷺鷗偏。開春早把良辰撿，好了皐比未了緣。

紀夢

蓬茅臥雪息紛拏，無路重尋貫月槎。忽夢安期瑶島上，殷勤飼我棗如瓜。

飄摇便覺此身輕，健翮疑從兩腋生。飛到銀潢清淺處，牽牛織女認分明。

天孫何事愛新篇，爲脯麒麟敞玉筵。賦得曉寒纔半闋，霜毫催上衍波箋。

珊珊環珮聽來遲，艷福痴情集一時。便作真仙仍是幻〔一〕，那須卜肆問靈蓍〔二〕。

【校記】

〔一〕『便作真仙仍是幻』，《續集》作『忘借支機三寸石』。

〔二〕『那須』，《續集》作『難從』。

辛酉

元旦試筆〔一〕

辛盤薦曉又逢春，檢點朝衣祝紫宸。想得三彭無着處，去年月月守庚申。

太歲躔移在酉年，乞漿得酒古曾傳。祇愁此日屠蘇會〔二〕，舉醮難教老子先〔三〕。

【校記】

〔一〕《續集》於『元旦』前有『辛酉』二字。

〔二〕『祇愁』，《續集》作『何嫌』。

〔三〕『醮』，《續集》作『釂』。按：『釂』爲飲酒乾杯之意，『醮』則指祭神禮儀或設壇做法。

元夕燈詞

比鄰簫鼓韻如潮，心字香同絳蠟燒。知是人間燈節到，家家兒女鬧元宵〔一〕。

西山日落正黄昏，燈影玲瓏早掛門。是處歡聲喧爆竹，令人忘却在鄉村。

邊隅幾度悵烽烟，無復嬉遊已數年。失喜今春蕭散甚，踏燈高對月華圓。

【校記】

〔一〕『家家』，《續集》作『大家』。

春日戲占

留得名山結静緣，丹成九轉嬾升天。淮南莫漫誇奇福，雞犬桃源已半仙。

重遊泮水辭爲前定興令陳魯亭先生志慶

璧沼曾遊處，重來六十年。綬青前令尹，髮白老神仙。時年八十有五〔一〕。驥足回長坂〔二〕，鵬程啟後賢。橋門有高詠，春水讓澄鮮。

釋菜尋常事，云胡眾眼開。吏緣香案轉，人自日邊來〔三〕。古貌蒼松健，元精蝙蝠猜。共誇新進福，領袖得仙才。

計偕當北上，兩度定興過。清德民猶頌，殊勳石不磨。桑榆歸緩欵，杖履足婆娑。指日蒲輪下，磻溪夢若何。

星使開東閣，歡迎長者車。新班聯玉筍，雜佩耀金魚。憲老言誰乞〔四〕，循良傳不虛。未知繼今後，踵武又誰如。

【校記】

〔一〕『八十有五』，原作『八十有一』，據《續集》改。按：據清四川學政黄倬《誥授奉政大夫陳序樂碑記》載，陳序樂（魯亭）生於乾隆四十二年丁酉（一七七七），重遊泮水在咸豐十一年辛酉（一八六一），時年八十五歲，馮詩亦作於本年。

〔二〕『驥』，《續集》作『駿』。

〔三〕『人』，《續集》作『車』。

〔四〕『誰』，《續集》作『憑』。

枕上偶成

惠風來昨夜，吹夢到川西〔一〕。玉壘雲光杳，金堂草色齊。亭臺恣賞玩，山斗重攀躋。醒後情何極，封緘孰寄題。

盼斷南飛鴈，經秋更越春。不堪心上友，惟作夢中人。鐵馬金戈候，莊襟老帶身。無緣問消息，腸轉劇車輪。

【校記】

〔一〕『到』，《續集》作『過』。

虞殯辭哭崧維明經作〔一〕

生平笑語尚依依，忽報文星殞少微。身後替人曾爾屬，眼前知己似君稀。青衫顢頇天誰問，白首綢繆願已違。是否玉樓徵彩筆，不教塵世駐征騑。

旅泊蠶業結契年，影形朝夕兩周旋。散花不着心原佛，染翰能飛骨欲仙。馬鄭共尋文字祖，歐蘇人羡友朋緣。那堪桑梓歸來後，老眼翻令淚雨漓。

沉痾底事術難醫，二豎膏肓據幾時。真到十分猶望假，信來匝月重懷疑。歡場縱解蠶絲縛，別路怎忘蝶夢痴。兩字明經終一世，生材造物竟何爲。

燈前檢點舊詩章，崧維昆季詩向均採入《二酉英華》集〔二〕。忍痛爲君賦幾行。綽有佳兒追叔黨，儘多難弟繼元方。風花飄瞥生如寄，心血存留死不妨。衹惜素車遲白馬，未徨執紼倍淒涼。

【校記】

〔一〕《續集》於『崧維』前有『冉』字。

〔二〕《續集》無『集』字。

與友人登石柱山，觀所築砦堡

山骨撑天峻，登臨眼界空。棲烟村樹緑，落日晚霞紅。燧冷知兵罷，禾嘉卜歲豐。何當天險扼〔一〕，勝賞與君同〔二〕。

綢繆先未雨，恰有片言留。地利雖堪據，人和願更修。參商防釁隙，忠信足戈矛。寄語知幾士，毋忘借箸籌。

【校記】

〔一〕『何當天險扼』，《續集》作『矧茲天險扼』。

〔二〕『勝賞與君同』，《續集》作『光氣更熊熊』。

五月二十五日夜誌異〔一〕

璇璣燦爛天如水，驚詫妖星斗邊起。匹練斜侵紫府垣，霜鋒徑薄銀潢沚。或疑蚩尤旗，又或疑天槍。《甘石》今罕傳，是非難具詳。君不見壬寅之歲春夏交，白氣高張西南坳。九首雄虺生儵忽，吞噬廿載猶咆哮。及今大地無樂土，白狐假威黄狐舞。滄海横流不得停，時聞鬼哭聲酸楚。矧兹魁下即三台，燮陰理陽憑化裁〔二〕。胡乃沴氛乘間出〔三〕，竟教雲漢同昭回。封事誰爲具緑章，潛呼天狗開天閶。帝所種民帝應惜，忍縱豺虎忘收藏。噫吁嚱！天雖處高天聽卑，豈真浩刼難消弭。卿士省月師尹日，請争先時毋後時。我懷到此百感集，搔頭自恨老無力。熒惑三徙古何人，思牽中夜腸空直。

【校記】

〔一〕《續集》於『五月』前有『庚申』二字。

〔二〕『燮陰理陽』，《續集》作『燮理陰陽』。

〔三〕『沴氛』，《續集》作『氛祲』。

擬桃源行題大酉洞。

十年兩過桃源路，舟人爲指迷津處。背枕山陬面滄江，頗疑附會成差誤。吾鄉有洞州西北，彷彿桃源真景色〔一〕。堪嗟古昔少披尋，遂教埋没荒郊側。邇因避地資冥搜，褰裳濡足親遨遊〔二〕。雖少芳菲花兩岸〔三〕，恰餘清淺水中流。沿流欵欵扣巖扉，一重一掩通深微。槎枒怪石當頭壓，倉卒驚禽撲面飛。仙蹟玉盤求洞腹，『玉盤仙蹟』舊爲洞中八景之一〔四〕。迎眸但見蒼苔緑。詩龕幾處認依稀，鳥篆摧殘迷恍惚。陰森慘黷灣復灣，陡然豁達開重關。紅塵隔斷知爾許，别出乾坤非人間。插棘編茅三兩家，相安耕鑿足桑麻。衣冠不必周秦似，古樸猶堪魏晉誇。捫懷往復淵明記，竊信桃源此中是。二酉初當二漢時，疆土明明武陵隸。永嘉之後版圖失，南宋而還土司據。求真不得妄爲辭，子虚遂爾誣陶序。我今弔古破天荒，願從有識高商量。好樹碧桃三百本，還他谷口舊花光。休嫌未與城市遠，洞裡藤蘿但莫翦〔五〕。問津徑絶漁郎來〔六〕，藏舟竝可藏雞犬〔七〕。

【校記】

〔一〕『桃源』，《續集》作『武陵』。

〔二〕『遨遊』，《續集》作『來遊』。

〔三〕『兩岸』，《續集》作『夾岸』。

〔四〕『洞中』，《續集》作『大西洞』。

〔五〕『但』，《續集》作『第』。

〔六〕『徑絶』，《續集》作『絶少』。
〔七〕『竝』，《續集》作『兼』。

壽富順楊朗如封翁

隙駒影逐風輪走，髓緑瞳方誰不朽。惟有扶綱植紀人，精神迺比河山壽〔一〕。君不見關西老宿楊朗翁，乾坤澒洞瑩雙瞳。讀書先識天爵貴，未肯萊衣換三公。南山之南北山北，循陔日據無愁國。孟筍姜魚妙感應，桂蘭香馥椿萱側〔二〕。伯虎仲熊健絶倫，六詩三筆尤奇珍。捷足蟾宫一得路〔三〕，鴈行次第振峨岷。從古庭帷多缺陷，屈指惟公百不欠。德配三繼皆名媛，清福居然全家占。扁舟憶昔過西湖，西湖在富順縣署後。飫聞眾口推醕儒。不須親煉長生藥，谷神早與仙爲徒。擬瞻道範慰心欽，可奈同苔阻異岑。歸後幸蒙天作合，鱣堂恰值哲嗣臨〔四〕。一笑相逢稱莫逆，駿烈清芬知益覈。耳熱精醕玉色頩，神飛我亦忘頭白。今兹金粟綻高秋，八秩行添海屋籌。惜無瀁漭横空翼，來隨嘉客拜前騶〔五〕。瓊筵翹企涵虚閣，拊髀遥遥空雀躍。滌筆敬陳百歲謡，祝鼇希附西飛鶴。

【校記】

〔一〕『精神』，《續集》作『精氣』。

〔二〕『香馥』，《續集》作『競發』。
〔三〕『捷足』，《續集》作『捷步』。
〔四〕《續集》於該句下有注云：『翁長君芥菴孝廉以大挑選酉陽州廣文。』
〔五〕『騮』，《續集》作『騶』。

聞粤匪由貴州遵義闌入涪陵之羊角磧，彭水、黔江戒嚴

長蛇倏忽越巖疆，應是先幾少豫防。莫使長江天塹失，依然千里有金湯。

當關全恃一丸泥，扼險摧鋒古可稽。底事漢葭賢令尹，翻將讓路勸羣黎。彭令某以賊不妄殺致書酉陽、秀山，諭民讓其過路。

哀黔城

黔江城子大如斗，雉堞樓櫓半無有〔一〕。劇賊崇朝捲地來，何人肯作登陴守。禽奔獸竄各東西，父忘挈子夫忘妻。巨室投菅爇且盡，殺戮那恕犬與雞。兼程赴救王署州，黄巾遁後遺黎收。可恨乘機肆剽掠，猖狂又苦緑包頭。時勇有以緑巾裹首爲隊者，虐甚于賊〔二〕。賊果似梳勇似篦，燼餘十室難存二。月黑風淒鬼夜號，酸心血迸英雄淚。憶昔金淵乞假歸，石城怪異聞非非。白晝虹

霓生闇室，不須雲日才光輝。又聞境接咸豐界，巘嵲巉巖倏摧敗。浩浩長江壅不流，閭閻重罹懷襄害。從來災變豈虚生，彼蒼垂戒原有情。爾日衣袽能備豫，斯時流毒或稍輕。見説寬鄉二十一，議團幾度徵輸密〔三〕。其如紙上半空文〔四〕，臨事方知悔失實。去年州牧嚴催練，寡識蚩氓或嗟怨。倘非未雨有綢繆，顛連請看黔江縣。

【校記】

〔一〕『樓櫓』，《續集》作『櫓樓』。

〔二〕《續集》無此注。

〔三〕『密』，《續集》作『急』。

〔四〕『半』，《續集》作『多』。

青龍嶺道中

詰奸來北道，並馬入寒雲。路向山腰轉，溪從谷口分。青龍何處覓，緑幘此時聞。緑包巾勇沿途擄掠〔一〕，官命關隘禦之〔二〕。幸有循良在，邊關已策勳。

【校記】

〔一〕『緑包巾勇』，《續集》作『勇有號緑包巾者』。『擄掠』，《續集》作『摽掠』。

〔二〕『官』，《續集》作『州牧』。

懷遠關關在楠木箐北。〔一〕

據得谿山勝，嚴關百二雄〔二〕。丸泥真可塞，穴鼠信難攻。曉罥炊烟淡，宵沉戍火紅。全州資鎖鑰，設險莫匆匆。

【校記】

〔一〕《續集》無此注。

〔二〕『嚴關』，《續集》作『關嚴』。

哀李魯生學博〔一〕

魯生名曾白，長壽孝廉，以大挑授黔江教諭，九月十九日賊陷黔江，文武皆棄城逃，惟李君朝服縊明倫堂上。越數日，有自黔來者，爲言從容赴義情形，長句弔之〔二〕。

丈夫讀書知黑白〔三〕，疇不期以身許國。一朝利害才毛髮，膽落神飛死灰色。試看青犢躪黔郊，闔城文武競遁逃。錚錚獨一窮學博，灝氣直比秋雲高。初將挽聯書，隨把宫袍着〔四〕。從容徑出明倫堂，北面再拜臣力薄〔五〕。未能隻手障鯨吞，謹奉心肝酬至尊。白練一條束憤血，黌宫千古留忠魂。屍僵浹日風猶香，賊亦憐公戒公傷。英烈傳來西溪曲，有人感舊增凄凉〔六〕。記從癸巳春，都門識君面。嗣以歲壬子，與君重相見。聚首蓉城兩月餘，綢繆忘是客中居〔七〕。宵柝幾番催短漏，懸河辯口猶軒渠。至性最欽古忠節，酒後縱談輒耳熱。有時親把鐵如意，慷慨一揮銅斗缺。銅斗缺，倍慷慨，興豪那管羣兒怪。往事嘗縈宵夢中，君竟騎箕歸天外。天外由來烈士多，元精耿耿凌山河。從容就義今若此，把臂誰弗相摩挱。摩挱把臂長輝映，君自殺身君無恨。獨恨同時食禄人，見危不肯同授命〔八〕。

【校記】

〔一〕『哀』，《續集》作『弔』。

〔二〕《續集》中之序云：『辛酉九月十九日，賊陷黔江，文武官多棄城遁，惟李君朝服縊明倫堂上。成仁取義，魯生有焉，因弔以長句。』

〔三〕『黑白』，《續集》作『白黑』。

〔四〕『隨』，《續集》作『繼』。

〔五〕『再拜』，《續集》作『拜陳』。

〔六〕『增凄凉』，《續集》作『生悲愴』。

〔七〕『忘是』，《續集》作『齊忘』。

〔八〕『授命』，《續集》作『致命』。

西溪雜詠

我家去州城，遠不十餘里。少壯苦飢走，東西無停趾。名勝半填胸，轉遺桑與梓〔一〕。日昨黔彭邊，攖噬來封豕。猰貐有内應，競欲磨牙起。賢牧密偵探，制防檄佐理。轉因静鎮暇，得曳尋芳屨〔二〕。禽夏約同儕，榛苓企彼美。佇待天氣清，行從署後始。烟蘿休聳誚，久矣塵容洗。

侵曉鵲聲噪，懸知天已晴。起來促晨餐，聯袂偕友生。便門啟東閣，山翠競來迎。途循喜雨舊，東閣舊有喜雨亭，刺史吴西亭建〔三〕，今改作射圃。徑度荷池清。天光低在水，倒影涵空明。想當盛夏來，朱華冒緑英。微風曉露拂，鮫客淚珠傾。静可祛炎歊，凉能沁宿酲。國當號衆香，域真同水晶〔四〕。閒坐對滄浪，詎惟歌濯纓。右荷池〔五〕。

三十七洞天〔六〕，名傳小峴麓。境與塵凡隔，平時但耳熟。幸獲覽勝緣，急急求芳躅。過橋蘚徑披，洞口詩碣矗。蒼苔雖半蝕，鳥篆尚堪讀。一徑入幽深，聞是神狐窟。更有大于鴉，千年老蝙蝠。每當束炬至，多把烟光撲。我初興本豪，凝睇足先縮。安得過來人，壺天談委曲。右三十七洞天。

城中厚地力，冬半葉始黄。振衣登小峴，一亭據其岡。茂林與修竹，山陰真頡頏。亭名小蘭亭。憑欄一覽眺，逸興來無方。俯察魚瀺灂，仰觀鴈飛翔。前有曲水流，不引可行觴。何因折衝功，捷奏樽俎旁。身同部下民，躋此稱兕觥。重見永和序，揮灑會稽王。此願固非謬，此情應得償〔七〕。右小蘭亭。

夙聞雪洞奇，人巧鬼工逞。弔古啟遊興，尋幽同造請。徑藉昭忠祠，峯露飛來頂。雪洞舊名飛來峯。好鳥鳴樹間，啞啞匿其影。霜風生咫尺，雪竇進俄頃。乍驚水盤渦，又疑瓶墮井〔八〕。幾處天光透，重門互修整〔九〕。雙清耳目寒，一白衣裳冷。隱隱粟凝肌，熒熒冰有礦。舊蹟易今名，令人發深省。右雪洞。

有雪月彌光〔一〇〕，無月雪不潔。所以湛月亭，昔曾峯背列。湛月亭舊在飛來峯之上。詎知訪遺踪，蚤同典故缺。惟餘屋數椽，大士珠纓綴。肅肅北風至，打門時落葉。山骨老清癯，廢興誰解説。得毋紫竹林，能免紅羊刼。因將甘露漿，銀蟾換朗徹。菩薩寂無語，捫懷正悽咽。遥望翠屏巔，高擁一輪月。右湛月亭故址。

【校記】

〔一〕『轉』，《續集》作『竟』。

〔二〕『曳』，《續集》作『蠟』。
〔三〕『刺史吳西亭建』，《續集》作『前刺史吳公西亭建』。
〔四〕『同』，《詩集》作『成』。
〔五〕《續集》無注文『右荷池』。本題後四首《續集》亦無注。
〔六〕『三十七洞天』，《續集》作『城西古洞天』。
〔七〕『此』，《續集》作『斯』。
〔八〕『墮』，《續集》作『墜』。
〔九〕『互修整』，《續集》作『修且整』。
〔一〇〕『有雪月彌光』，《續集》作『有月雪彌光』。

輓詩僧履雲〔一〕

鶴骨支離老病身，偏於吟詠見精神。新詩一卷留天壤，共説參寥有替人。上人《桂塘韻語》已梓行〔二〕。

海上相逢訪大顛，塵勞濡足悵年年。忽聞撒手懸崖去，一度回頭一惘然。余向寄上人詩，有『何日造廬來海上，月明同証木樨禪』句〔三〕。

豈真幻泡悟身輕，隻履何緣賦遠行。一箇詩僧不留住，桂塘山水太無情〔四〕。

推敲生小得名師，千里從行苦不辭。上人少受業于崧維〔五〕，嘗從遊錦城，半年始歸〔六〕。地下若從韓吏部〔七〕，依然朝夕足追隨。時松維已下世。

【校記】

〔一〕『輓』，《續集》作『悼』。

〔二〕《續集》無此注。

〔三〕『余』，《續集》作『僕』。

〔四〕《續集》於句下有注云：『上人初居天龍，近卓錫桂塘。』

〔五〕『受業』，《續集》作『受詩』。《續集》於『崧維』下有『明經』二字。

〔六〕『始歸』，《續集》作『乃返』。

〔七〕『從』，《續集》作『逢』。

冬日與楊芥菴學博、傅崐巖茂才昆仲登玉柱峯〔一〕

繞郭圍羣山，雲霞互舒卷。西峰尤挺特，玉柱名非忝。自我來城中，青蒼日在眼。探奇有同志，邀與陟絶巘。晨後集黌門，共欣寒氣淺。循途出山背〔二〕，前路導慧犬。芥翁有犬甚慧，時爲前導〔三〕。屐剛阮孚試，眉蚤元謨展〔四〕。緩緩歷層巒〔五〕，步步蒼苔軟。

擬從山背行，先已入山腹。延緣數里間，杳爾隔塵俗。落葉澹疎紅，炊烟藏慘緑〔六〕。微聞虎氣腥，生恐蛇涎觸〔七〕。荆棘草中雜〔八〕，擇空乃投足。險仄互攀援，巉巖時窘蹙〔九〕。嶺踰峯更斷，壁立單成複。一水阻潺潺〔一〇〕，途窮幾欲哭〔一一〕。

有窮必有通，妙義眼前悟。厲石列中坻，溪深仍可度〔一二〕。登頓及山腰，人禽争跬步。斤斤重累進，後頂企前屨〔一三〕。懸巖冷不春〔一四〕，卷柏劣成樹〔一五〕。回首山之西，嵌空古洞露〔一六〕。千秋絶行跡，疑止神仙住〔一七〕。矯捷讓犬能，昂頭逐雲去。

犬去已多時〔一八〕，重回迎道左。浮屠知已近，千樹山門鎖。喘息叩禪關，雲流疾箭笴。天資一柱撑，玉喜羣峯裹。老佛何年來，低眉此間坐。噞呼帝謂通，唾咳珠霏頗。性相證恒河，蟲沙原眇麽。不識金輪内，前身誰爾我。

身前不可認，惘惘上層樓。長空云莽蕩，滿耳風蕭颼。日馭促羲和，高春難久留。危欄俯城中，一覽歸雙眸。見説今年夏，神姦窺我州。潛踪此浹旬，伍伯失冥搜。幸未漏天網，桑榆得俊遊。詰奸須縝密〔一九〕，願勿輕遐陬。

遐陬望正長，遊侶催歸思〔二〇〕。高登良已艱〔二一〕，勇退亦非易。絶壁眩生花，前巖疇敢試〔二二〕。盤旋仍百折〔二三〕，始得返平地〔二四〕。古義薄霞峯，廣文今寡二。蕭齋坐甫定，尊俎羅清異。看山都眼飽，飲醕重心醉。回瞻玉柱雲，送客餘蒼翠。

【校記】

〔一〕『崐巖』，《詩鈔》作『崐崖』。

〔二〕『出山背』，《續集》作『山背出』。

〔三〕『時爲前導』，《續集》作『時沿途前導』。

〔四〕『元』爲『玄』之諱改。按：『玄謨』猶言遠謀。

〔五〕『緩緩』，《續集》作『緩款』。

〔六〕『藏』，《詩鈔》作『凝』。

〔七〕『蛇』，《詩鈔》作『蛟』。

〔八〕『荆棘』，《續集》《詩鈔》作『棘荆』。『草中雜』，《詩鈔》作『恣雜糅』。

〔九〕『巖』，《詩鈔》作『崖』。

〔一〇〕『潺潺』，《續集》《詩鈔》作『潺湲』。

〔一一〕『幾欲哭』，《續集》《詩鈔》作『誰當哭』。
〔一二〕『度』，《續集》作『渡』。
〔一三〕『後頂』，《續集》作『後踵』。
〔一四〕『春』，《續集》作『温』。
〔一五〕『卷柏』，《續集》作『栝柏』。
〔一六〕『露』，《續集》作『踞』。
〔一七〕『止』，《續集》作『衹』。
〔一八〕『已』，《續集》作『歷』。
〔一九〕『奸』，《續集》作『禁』。
〔二〇〕『催』，《續集》作『生』，《詩鈔》作『動』。
〔二一〕『艱』，《續集》《詩鈔》作『難』。
〔二二〕『前巖疇敢試』，《詩鈔》作『懸崖步誰試』。
〔二三〕『盤旋』，《詩鈔》作『盤紆』。
〔二四〕『返』，《詩鈔》作『履』。

前詩脱稿後，覺有餘意未盡，燈下復成七絶四首〔一〕

獨空倚傍見精神，千古長留不壞身。撑起西南天半壁，如山風骨有何人。

紺殿巍巍踞翠巒，山花放處足開顏。痴僧不管空王冷，一墮紅塵永不還。住持某以盜賣常住逃去，今惟一廟祝司佛前香火〔二〕。

老去名山願已灰，忽教兩眼稱心開。燈前自笑婆娑影，今日才從絶頂回。

故鄉山水本無儔，半世奔馳誤蹇修。大似横渠張子厚，晚來始向六經求。

【校記】

〔一〕《續集》題作《冬日遊玉柱峯歸，成五古六首，脱稿後，覺尚有餘意未盡，燈下復占》。

〔二〕《續集》無此注。

後猛虎行

辛酉秋，州南獵得一雄虎，軀幹甚修偉，然未之見也。冬初有購得四脛骨者，以二寸許分惠，友人夏子芳圃急走伻市其頭顱及脊骨以歸〔一〕，僕觀之，感而有賦。

西山闢後無蛟螭，常年惟見豹留皮。是何老倀肆詭俶，潛引猛鷙來吞噬。嵎負州南七十里，時攫羊牛逮犬豕。妖狐假威白晝行，貪狼藉勢黄昏起。獵人鬥智不鬥力，以毒餌虎虎果食。平明僵立淺草中，咆哮無聲四脚直。扛回割剥任分派，骨肉居然奇貨賣。道旁觀者如堵牆，快事傳聞遠邇屆。我友方劑急所需，購來脊肋與頭顱〔二〕。清泉浹旬親洗剔，腥風匝月猶昭蘇。腥氣雖存威已亡，老夫不覺生感傷。齒牙僅供兒童玩，眼孔空留琥珀眶。恣睢擇肉時曾幾，肢體凌遲竟若此〔三〕。善射況多李廣儔，安能稔惡偏容爾。倘有輪迴未了因，他生願早胎麒麟。生芻不踐角不觝，共作四靈獻天子〔四〕。

【校記】

〔一〕《續集》無『急』字。

〔二〕『脊肋』，《續集》作『脊骨』。

〔三〕『竟』，《續集》作『遽』。

〔四〕『獻』，《續集》作『貢』。

苦寒行 憫戍卒也，時賊尚踞來鳳。

朔風動地山骨裂，釀作兼旬三尺雪。重裘白晝慘不温，布被宵來冷于鐵。抱膝衡茅尚莫支，從征士卒那堪説。荒郊幾處營壘築，大旗倒卷旌竿折。平旦斧冰炊作糜，糜方成時冰復結。邇聞踏雪運糧夫，手足皸瘃皮流血。連朝米麥不時至，兩頓饔飧多告缺。爲言寒餓休怨咨，敵愾同仇分所切。不觀刺史五馬貴，雪催鬚鬢未遑歇。何況我輩自扞掫，强寇須教急殄滅。乘機早奏蔡州捷，呵凍有人記偉烈。

雪夜偶成

是處兵戈苦未休，誰能竟歲足優游。關嚴壁壘先移樹，人佩刀鞬轉賣牛。黔地月明纔鬼哭，湖山雪壓又雲愁。何時化作春潮漲，一洗邊庭頓甲羞。

除夕

日把鐃歌盼楚天，關心往往不成眠。燈前忽憶唐人句，霜鬢明朝又一年。

候蟲吟草卷十二

壬戌同治元年

元日〔一〕師稼齋存草〔二〕。

七十明年届，浮生竟若何。偷閒成落拓，得壽轉蹉跎。驥老心雖壯，鵷行夢已訛。祇應守蓬蓽，抱膝學長歌。

【校記】

〔一〕《續集》於『元日』前有『壬戌』二字。

〔二〕《續集》無此注。

人日得兒子東防來信，元旦賊撲營，以有備，擊敗去

竟知攻不備，猾鹵亦能兵。謀幸先幾密，功因挫鋭成。擒渠聽改縣，折馘待懸旌。好趁聲威壯，妖氛一掃平。

露布引

正月初一、初五，賊攻我師均失利，因憤甚，初九日復發馬步大隊來，欲以衆勝寡也。我師仍堅壁轟拒，從晡至日稷，卒不得近。楚師乘虛襲城，賊見城中火起，疾回救。我師夾擊之，擒斬無算，賊遂大敗去，來鳳平〔一〕。

角聲吹斷楚天雪，封豕長蛇紛落魄。飛騎平明露布來，馬蹄猶帶戰場血。轟傳正月日初九，賊憤我師能固守〔二〕。空壁競將地利爭〔三〕，從辰相持直至酉〔四〕。楚兵乘虛襲入城〔五〕，城頭火起賊心驚〔六〕。兩軍夾擊礮交發〔七〕，烟迷霧漲山爲崩〔八〕。失勢率然同解瓦，旌旗無光貙虎啞。棄甲抛戈邱阜齊，雪泥狼藉人成鮓。突圍拚死走渠魁，分道窮追遠不回。救出遺黎千百數，恩銘生佛聲如雷。賊自縱横閲幾歲，偏隅今番纔挫鋭。倘使援師疾會攻，妖徒咫尺無噍類。芻茭可惜民難繼，衹好凱旋歌飲至。空教尸祝徧咸來，王公凱旋時，聞咸豐、來鳳士民頂香盤送道左者數十

里〔九〕。歸途贏得香烟膩。

【校記】

〔一〕《續集》中此序文字差異頗大，序云：『壬戌正月初一、初五，賊攻我師，均失利，因不出龍山，信來約以初九日合攻之。王牧督州軍五更蓐食，分三路進剿。奪數卡，抵來鳳城，城外賊猶抵死相拒，楚兵從東郭登，火其城樓。州軍乘勝亦斬關入，賊遂大敗去，來鳳平。』

〔二〕『賊憤我師能固守』，《續集》作『兩省合謀圍巨醜』。

〔三〕『空壁競將地利争』，《續集》作『火雉輣車紛交馳』。

〔四〕『從辰相持直至酉』，《續集》作『鯨鯢猶作攖城守』。

〔五〕『楚兵乘虛襲入城』，《續集》作『先登幾隊倡先聲』。

〔六〕『城頭火起』，《續集》作『城樓焰起』。

〔七〕『兩軍夾擊礮交發』，《續集》作『兩軍乘勝競夾擊』。

〔八〕『烟迷霧漲』，《續集》作『礮雷轟烈』。

〔九〕《續集》無此注。

哭冉石雲八首〔一〕

連夕鵂鶹繞樹哀，典型果見泰山頹。三彭久已彌仇隙，五蘊何因啟禍胎。秦失造門悲早逝，維摩問疾悔遲來。不堪落月停雲處，細把交情次第推。

論交總角戰文時，得喪窮通兩不知。狂欲上天恣跌宕，憂難埋地肯狐疑。放教共把生前盞，那管誰傳死後詩。坐此漸多身世累，蒼茫雲路起紛歧〔二〕。

歧路蒼茫事可嗟，半淹故國半天涯。尹邢避面心非妬，李郭同舟計總差〔三〕。人詡後先爭脱穎，自憐離合幻摶沙。五年幸獲龍池近，余安硯龍池時，石雲主講槐蔭書塾，得朝夕過從者，平生唯此五年〔四〕。無那談經短髩華。

握手依依願甫申，垢囊又逐廣文塵。新知儘有蠶叢密，舊好怎如梓里親。縹緲孤雲遲落鴈，蕭疎寒雨盼遊鱗。案頭積歲書盈尺〔五〕，離索彌教百感臻。

憶來鄉夢太生疎，蚤向吾廬賦遂初。歸里欣看耆宿在，談心好待暮年餘〔六〕。不圖羽檄頻當眼，竟使龍門少著書。賴是蒼天將悔禍，邊庭寇盜遞殲除。

狂寇摧殘二月天，雙魚飛墮綺窻前。深嫌老境殊難耐，失喜沉痾已半蠲。變態未忘新閱歷，多情猶似舊纏綿。誰知幾紙珠璣字，便是麒麟絶筆年。初九手書猶娓娓數百言，三日凶問遂至〔七〕。

杜鵑淒斷夜燈寒，尺素重披墨未乾。來夢草空虛彷像，返魂香冷恨迷漫。縱教聚首他生易〔八〕，争奈分襟此日難〔九〕。擬作虞歌希薤露，不曾染翰淚先彈。

連年朋輩半凋零，落落真成避曉星。箕踞空山仙寡味，輪回大海佛何靈。悲君倍益潘鬓白，好我疇同阮眼青。擗碎牙琴憑詫怪，飛花如雪慘中庭。

【校記】

〔一〕《續集》於『石雲』下有『明經』二字。

〔二〕『紛歧』，《續集》作『分歧』。

〔三〕『李郭』，《續集》作『郭李』。

〔四〕《續集》無此注。

〔五〕『盈尺』，《續集》作『盈帙』。

〔六〕『待』，《續集》作『共』。

〔七〕《續集》無此注。

〔八〕『易』，《續集》作『有』。

〔九〕『此日』，《續集》作『此會』。

讀劉石溪《枕經堂集·秦夫人逸事》書後

提兵古有冼夫人〔一〕，千年繼起秦將軍。將軍偉烈昭青史，逸事猶堪廣異聞。讀書自少通韜畧，兜鍪當作嫁衣着。桃花馬上遠勤王，美人圖畫凌烟閣。桑梓歸來正内訌，奢崇明楊應龍殄滅又獻忠。孤軍數與羣兇抗，瘡痍保免東川東。石砫山深留秘地〔二〕，餘威且可虎狼制。假饒此日將軍存，蠢賊聞名應遠避。城郭未非紅粉冷，寇來如入無人境。賊自來鳳敗後竄入石砫〔三〕，城爲所破。遺裔知否邀天憐，長使杞人心耿耿。

【校記】

〔一〕『冼』，原作『洗』，據句意改。

〔二〕『山深』，《續集》作『深山』。

〔三〕『賊自來鳳敗後竄入石砫』，《續集》作『髮匪來鳳敗衄後竄石砫』。

步楊芥菴《齋中賞牡丹》七律原韻四首〔一〕

點綴黌門寂寞天，孤芳特放晚風前。人將國色誇紅玉，君自閒身愛絳仙。富貴態忘名士座，酸寒嘲解廣文氈。花間此樂曾誰有，擬問圜橋並蒂蓮。

金縷歌成唱晚天，翩翩蝴蝶舞尊前。拈花笑處人皆佛，脱帽看時吏盡仙。一片春光留冷署，半窗雲影落寒氊。詩情畫意俱清絶，比似應惟九品蓮。

輕陰已過養花天，勝賞頻開壁沼前。惜我無緣參上客，羨君高會列羣仙。新詩競壓元輿賦，香氣長彌子敬氊。莫把清平推絶調〔二〕，一堂彩筆盡青蓮〔三〕。

珠璣誦徧露香天，棖觸閒情繡水前。消遣也曾資菊婢，吟哦時復迓梅仙。究難撲我塵三斗，空詡分人席半氊。争似誠齋多艷福，瑶臺雅集燦金蓮。

【校記】

〔一〕《續集》於『芥菴』下有『學博』二字。

〔二〕『絶調』，《續集》作『調絶』。

〔三〕『盡』，《續集》作『半』。

瑶琴怨爲明太常楊玉懷作〔一〕

阮葵生《茶餘客話》：玉懷名正經，明季酉陽宣慰司人。初官總戎，時大祀郊廟，樂章散失，宗伯林欲楫薦正經審音律。懷帝召至便殿，令彈琴，稱旨，改中書。樂成，晉太常，賜漢、唐琴各一。亂後流寓淮上，主陳涵碧家，兩淮名士多從之遊，推官李子燮尤契重之，爲買宅，並爲其子納婦。年七十餘卒。涵碧葬之城東陳氏祖塋側，歲時墓祭必及楊〔二〕。王漁洋《池北偶談》亦載玉懷名，以爲汪水雲之比，而吾酉志轉遺之〔三〕，可慨也。

琴心不許沙場死，抱得枯桐見天子。古調鏗訇驚獨彈，虞絃隱約契微旨。明堂清廟正遺章，總鎮頭銜換太常。倏忽鐘鏞時事改，河山轉盼生淒涼。樂工散盡將安放，流落依舊江湖上。短曲空餘風木悲，故鄉回首倍惆悵。兩淮從此終羈遲，蓬鬢蕭條慘不支。彈斷鵾雞絃百尺，西方難慰美人思。『風木悲』『西方思』，楊寓淮時所製二曲名〔四〕。愛客南州有高士，廣陵散絕能含淚。殘骸收拾傍先塋，麥飯一盂分世世。虞山感舊歌琴歌，《七夕琴歌》，張虞山作。音徽洋溢免消磨。佚事古來無彩筆，埋没英雄知幾多。

【校記】

〔一〕《續集》於題下有『並序』二字。

〔二〕《續集》於『必』下有『兼』字。

〔三〕《續集》於『志』下有『乘』字。

〔四〕『曲』，《續集》作『操』。

夏日閒遣

鎮日蓬門嬾不開，殘編相對足徘徊。風前好鳥憑喧寂，雨後閒雲任去來。雞犬升天終是夢，丹鉛入地總成灰。何如桑落新醅熟，一度豪吟醉一回。

書憤

大地亂雲横，閒愁逐處生〔一〕。谷空風有隧，江漲水無情。遠戍纔歸馬，邊防又請纓。陰符誰解注，櫪驥漫悲鳴〔二〕。

【校記】

〔一〕『閒愁』，《詩鈔》作『羈愁』。

〔二〕『驥』，《續集》作『馬』。

初秋

秋從何處至，細雨認簾纖。暑可三分減，凉應一夜添。蛩吟初蘚徑〔一〕，蝸篆漸茅檐。物外閒聽覽，聰明老尚兼。

【校記】

〔一〕『徑』，《續集》作『砌』。

去冬聞履上人示寂〔一〕，小詩悼之，今梲菴茂才來，始知傳者之訛〔二〕，再占四絶解嘲，擬寄上人，以博一粲〔三〕

傳來幻泡竟悠悠，誤我無端老淚流。想是升天君尚嬾，扶摇風緊又回頭。

三生石上證前因，十種楞嚴跡未陳。修到金剛身不壞，如君才算過來人。

瓢笠逍遥問大顛〔四〕，依然仍伴地行仙。木樨開處拈花笑，應有人間未了緣。

生祭淵明原有例，死傳活佛本無妨。笑儂久轉邯鄲後，又作黄粱夢一場。

【校記】

〔一〕《續集》無『履』字。

〔二〕『訛』，《續集》作『妄』。

〔三〕『粲』，《續集》作『笑』。按：本詩《續集》題作《解嘲》，而將此處詩題作爲詩序。

〔四〕『大顛』，《續集》作『阿顛』。

秋齋漫興

齋前連日雨絲絲，戴笠兒童上學遲。失喜新晴無箇事，戲拈桐葉坐題詩。

尋常一樣小欄東〔一〕，底事晴餘便不同。放下蒲葵依老樹，隔墻消受稻花風。

百種閒愁一掃開，衍波箋紙稱心裁〔二〕。詩情恰似山頭月，爭向殘霞落處來。

【校記】

〔一〕『小欄』，《續集》作『畫欄』。

〔二〕『衍波箋』，《續集》作『桃花箋』。

枕上聞檖聲〔一〕

被角霜寒夢半醒，殘燈如豆尚熒熒。栟櫚葉忽琤瑽響，誤作年來鐵馬聽。

【校記】

〔一〕《續集》題作《枕上口占》。

秋山别駕以詩乞菊，僕適他往，歸乃見之，因依元韻奉酬

霞箋輝映碧窻紗，悃欵原來爲乞花。可恨今秋風雨妬，東籬枝絶晚香斜。

莫怪瓊投李報遲，開函不是在家時。葫蘆畫出淵明笑，依樣空還兩首詩。

自笑

乞得閒身苜蓿墟，元亭小結子雲居。一年不死書仍讀，自笑前生是蠹魚。

壽刺史个山先生八首〔一〕

緑莎廳上啟華筵，黍谷春回大雪天。兩載崧喬瞻嶽峻，一門豚犬受恩偏。子三人俱蒙公保舉〔二〕。愧無花事酬生佛，聊託蕪辭誌夙緣。老去詎忘藏拙好，肺肝争奈久雕鐫。

年前歸路識荆州，戊午夏得假歸，謁公於彭水治。百尺龍門感俊遊。首頫花封思借寇，雲移梓里竟依劉。牢闌豈待亡羊補，牖户都從未雨修。最羡壽民還自壽，籌邊事事足千秋。

欃槍幾處煽妖氛，竈上騷除總不羣。仙吏自應多偉烈，儒官難得是能軍。三邊烽火霜中淨，四面絃歌雨後聞。保障鄰封咸戴德，瓣香來共西山熏。咸豐、來鳳士民多來晉祝。

不隨渾濬漫爭功，綽有吾家大樹風。公論是非憑藻鑑，浮名得失等雞蟲。量沙減竈神機捷，緩帶輕裘道岸充。擬把謙光咨玉柱，古來司牧幾人同。

旌旆剛從唱凱回，詩壇志局一齊開。扶持風雅追前哲，整頓河山起廢材。爨下焦桐聲入聽，閑中老驥轡銜枚。題襟漢上看成集，應共蘭亭壽九垓。

民爹重現宰官身，枳棘何緣駐畫輪。自以梅花昭雅度，誰能團扇寫風神。階前瑤草枝枝碧，陌上甘棠樹樹春。此日稱觥歌介壽，輸誠盡是負暄人。

火棗交梨事有無，山樊搔首笑潛夫。馳驅未得隨戎幕，主客翻容入畫圖。美醞飫公春酒暖，清談忘我布衣粗。蹣跚勉效躋堂祝，鳩杖扶携尚不須〔三〕。

眼明孔翠映烏紗，王儉三公髩未華。香綻錦屏人掞藻〔四〕，日長瓊室管吹葭〔五〕。卜枚竚見前程大，遷秩疇云使節遐〔六〕。轉恐熊轓陞授急，銀潢難復望仙槎。

【校記】

〔一〕『刺史个山先生』，《續集》作『个山刺史』。

〔二〕《續集》無此注。

〔三〕『不』，《續集》作『未』。

〔四〕『掞藻』，《續集》作『製錦』。

〔五〕『瓊室』，《續集》作『璇室』。

〔六〕『疇』，《續集》作『誰』。

冬夜偶成

流水韶華逝，衰年感倍真。支更風妬燭，逃藥鬼欺人。刼有蟲沙幻，交難鹿豕親。惟餘肝共膽，垂白尚輪囷。

遶屋閒吟遍，挑燈重讀書。清光明坎壈，老態足軒渠。有髮僧真似，無牙鼠不如。詩成誰與賞，松月夜窻虛。

冬嶺秀孤松 課徒作

松性本孤直，託根西山顛。寂寞春風中，不争桃李妍。歲暮雪霜積，羣芳盡蕭然。惟松挺勁節，卓立彌貞堅。蒼蒼出雲表，矯矯凌寒烟。寄語物色人，冷眼須教先。勿作後時悔，貽譏蟲可憐。

鍋巴詩

僕少嗜鍋巴，欲詠之，以名不雅馴而止〔一〕，比讀《廣虞初新志》載明人黃九烟《鍋巴詩》四章〔二〕，喜其先得我心，因亦戲作。

少年生性愛鍋巴，咀嚼那能惜齒牙。故應祇今餘結習〔三〕，焦香終勝嗜瘡痂。

久擬鍋巴賦小詩，羌無故實轉遲疑。年前瞥睹黃公詠〔四〕，癖有同心喜不支。

桑榆滋味薄酸鹹〔五〕，恰有鍋巴口尚饞。想把葫蘆依樣畫，老爹二字換新銜。黃自號『鍋巴老爹』。

人生嗜好本難齊，羊棗菖蒲任取攜。寒畯案頭兼味少，鍋巴端合配蒸藜。

【校記】

〔一〕『以名不雅馴而止』，《續集》作『嫌名不雅馴』。

〔二〕《續集》無『廣虞初新志載』六字。
〔三〕『故應』，《續集》作『故態』。按：『態』疑爲『應』之形誤。
〔四〕『年前』，《續集》作『年來』。
〔五〕『滋味』，《續集》作『臭味』。

臈日病感

驚心歲又闌，彈指春將孟。後死知何期，餘生長抱病。一寒便不敵，三泰安能信。痁作腹膨脝，血虛頭眩暈。日如鳥在籠，時似獸落穽。灞岸絶遊跡，潛虬除酒令。煖宜爐火温，威怯雪風勁。竊比山中袁，嘻憐谷口鄭。賴兹謝剥啄，殘臈成清淨。但使舌猶存，存亡姑聽命。

癸亥

人日病起試筆

贏得清癯病後身，居然今日又逢人。巡檐索向梅花笑，與爾能争幾度春。

巫陽音信斷巖阿，重把銀毫試衍波。未死春蠶絲尚吐，膏肓二豎奈儂何。

吾廬

今年安穩愛吾廬，不枉孤懷賦遂初。縱使下車嘲搏虎，未須彈鋏歎無魚。窻中岫入新詩句，案上芸香舊史書。況是閒身纔病起〔一〕，池塘春草夢蘧蘧。

【校記】

〔一〕『纔』，《續集》作『新』。

食椿芽戲占

誰謂全無分，公然快晚餐。川西諺語嘲教官食椿芽者云：一寸二寸，全然没分；三寸四寸，偶爾一問；五寸六寸，頓頓頓。芽香纔及寸，葅熟早登盤。老去饞涎少，田間素味寬。何須謀肉食，一飽慰酸寒。

園中牡丹正開，爲風雨所敗，詩以弔之

紅霞簇簇鬥新粧，綽有餘妍壓衆芳。艷絶忽遭風雨妬，城傾難閟綺羅香。一從隕墜同金谷，

轉把輕盈讓海棠。乍盛乍衰緣底事，憑誰消息問花王。

《投贈詩存》題辭

新詩一卷擅風流，低品誰云是應酬。試看葩經三百内，投桃報李自千秋。

十載交遊興不孤，記來陳蹟未模糊。題襟漢上差堪擬，位置難分主客圖。

佳篇惠我盡珠璣，更有河梁絶妙詞。一誦一回神一往，難憑紅豆紀相思。

錦里歸來已數年，開函猶見墨花鮮。兒曹此集須珍重，多少三生石上緣。

山谷石刻并序

咸豐八年，彭邑小北門徐姓牆圮，石壁有舊刻『楊叔皓明、任棨子修自城西來會于石間』一十六字，末署涪翁題，筆力瘦勁，蓋真蹟也。同治二年春，王刺史个山以搨本見惠，賦此志之。

山谷先生謫仙人，詩詞翰墨皆通神。尺幅流傳拱璧視，精氣未許埋荆榛。試看漢葭古治北，徐家舊宅連城闉。牆垣一朝倏傾圮，摩崖隱約森嶙峋。剜苔剔蘚細尋繹，一十六字浮青珉。王公好古有特賞，摩搨百本供藏珍。一紙日前叨我惠，朱光閃爍雙眸新。掛樹枯藤果逼肖，瘦筋入骨中含春。展玩不忍遽釋手，舊夢棖觸聊具陳。多年久作涪翁拜，凡所遊歷皆諮詢。鈎深嘉禾兩遺蹟，一存一没殊屈伸。玆石何緣閱千載，土花不蝕荒巖垠。扶持故應有神物，師範用得瞻先民。丹泉井洌開元寺，緑陰軒敞延江濱。空名尚足生景仰，矧于手澤邀重親。錦贉玉軸擬裝潢，懸之素壁昭循遵。逸事竝將州志録，庶幾永永無沉淪。

三月十八日之梅樹別墅，分水嶺道中占

學得周王法，潛尋避債臺。時親友謀爲余壽，故避之。筍輿遲日馭，山路暖雲開。雨氣兼新舊，禽聲雜去來。此間饒至樂，心醉勝銜杯。

紅杏山莊題辭〔一〕

買得山坳水竹莊，箇中風月自平章。寢邱磽瘠人誰羡，世世兒孫足徜徉。

門前紅杏長新枝，園有紅杏一株，次子恪因以『紅杏山莊』名〔二〕。半出牆陰半拂籬。可惜老夫無艷

福〔三〕，年年辜負好花時。

水繞山環地有因，菟裘擬向此中詢。祇愁德愧江都董，下馬難邀過墓人。

【校記】

〔一〕『題辭』，《續集》作『題詞』。

〔二〕《續集》無此注。

〔三〕『無』，《續集》作『慳』。

枕上偶成

谿山深處白雲屯，雨送春寒晝掩門。夜半聞雞難起舞，空令醒眼憶劉琨。

别墅壁間有朱揚何子貞太史《眉州木假山堂即事》五古四章，感舊懷人，依韻率和

我昔過眉州，蘇祠曾着屐。贊揚空有心，未敢疥其壁。轉盼卌年餘，春風去無跡。日昨讀新詩，鏗訇戛球石。灝氣忽縱横，浸淫滿大宅。披拂浣溪箋，收召舊魂魄。學步邯鄲塵，勉把

駑駘策。笑拈苦吟髭，頹老忘頭責。

有宋溯鴻文，共推蘇氏書。海涵兼地負，包孕幾無餘。好古破天荒，老泉其首歟。恠奇軋茁淨，精粹皇墳儲。烺烺《嘉祐集》，衆派識歸墟。繼美得麟角，聲華彌坤輿。至今紗縠行，人尚仰雲廬。峩眉苟不墮，大雅無乘除。

高蹤逐李杜，八表參翺翔。曠代一昌黎，惟坡與抗行。肩隨有同氣，亦克項背望。累疏斥新法，忌嫌均兩忘。訏謨倘見聽，稗政安能荒。何緣伊洛黨，門户私其鄉。不惜正氣孤，擯排多反常。遂教兩相才，神賞虛廟堂。

歇絶舊風流，悠悠悵我里。誰其鼓鐘考，一洗箏琵耳。平叔挺英姿，去天不盈咫。遠驂衡嶽雲，持節錦江水。偶從遴才暇，思把頑懦起。豪吟藉酒兵，勁敵摩詩壘。千秋重輝映，高標世有幾。傾心拜下風，豈特彼都士。

即目志感

鄉村舊日裕桑麻，轉瞬風光是處差。淺白深紅微雨後，春田徧發米囊花。

答友人問近況〔一〕

谷口歸來已數冬，漫勞舊雨問塵容。烟蘿滿目憑嘲笑，桑梓隨人學敬恭。覓句有時閒策蹇，尋春無力嬾扶筇。何當鶴羽襬褷候〔二〕，青眼猶然得嗣宗。

【校記】

〔一〕『問』，《續集》作『詢』。

〔二〕『候』，《續集》作『後』。

再題山莊五律一首〔一〕

屋左清流近，消閒便濯纓。朱欒當户植，紫竹過牆生。岫遠春如畫〔二〕，禽多夜有聲。敝廬何必廣，雅訓佩淵明。

【校記】

〔一〕《續集》題作《題山莊》。

〔二〕『畫』，疑當作『畫』。

大霧上羊羖腦

古道經行屢，朝來忽不同。林巒迷嚮背，雞犬入溟濛。豹隱難尋窟，龍噓巧趁風。陰霾誰與掃，佇待日車紅。

晨後開霽再占

暝行三十里，混沌喜重開。樹有殘雲戀，山銜曉日來。乾坤雙眼濶，清宴百年培。底事潢池外，旄頭尚未摧。

讀楊芥菴學博《集船山詩草》書後

太白東坡後，船山健絶倫。坫壇名已宿，風雅貌重新。襞積都如鑄，珠穿盡入神。劇思從璧沼，洗眼認前身。

集句初非易，專門集倍難。兼金歸大冶，賸錦幻奇觀。組織誰能妬，鎔裁此不刊。張君如可作，把臂定騷壇。

漫述

蕭齋習静避炎蒸，却粒餐霞苦未能。懶着衣冠惟鍵户〔一〕，貪看墳典尚挑燈。論文漫詡識途馬，寫照真如鑽紙蠅。但願烽烟消晚歲，醉生夢死任除乘。

【校記】

〔一〕『鍵』，原作『健』，據《續集》改。按：鍵户意謂關鎖門户。

志局雜詠

梁邊自古帝王州，沿革雖無事可求。畢竟版圖非化外，莫因後代忘前修。

水複山重冠兩川，睢盱蠻蛋豈徒然。拊循自昔無長策，零落衣冠數百年。

漢縣曾傳兩酉陽，須知先後不同方。沅陵西上三亭北，故址當從此地詳。

酉水延江兩派分，一南一北未絲棼。犬牙偶被前賢誤，縷析無人更策勳。

秦時剏置黔中郡，山隔涪陵幾百重。探源賴有元和志，勿向黔州認舊封。

古蹟當年記井疆，伏波諸葛半荒唐。左遷自得涪翁後，憑弔才堪問夕陽。

田疇山僻少膏腴，薄賦輕徭荷澤殊。瘠土果然知向義，不因顛沛走萑苻。

閭閻耒負更經横，漢代曾傳薦剡名。試把孝廉觀二柳，映芳何必減愚卿。

遐陬僻壤詎容輕，蕞爾何如古石城。豪傑就中能奮起，經師蚤有范長生。

漸磨自昔飫絃歌，專制雖然比趙陀。若向元明求手澤，流傳究讓土官多。

勝代中原困驛騷，烽烟惟此足逋逃。晚來更有文東閣，老筆詞壇信不祧。

况從改土歸流後，郅治涵濡二百年。士子文章官政績，風徽均可軼前賢。

曩從舊志溯傳燈，底事揮毫了莫憑。自是陋儒雙眼窄，漫言文獻總無徵。

史筆三長推右之，曾將蒐輯共心期。邇來幸遂平生願，各有叢殘積素帷。

宏文更值老牆東，墜舉廢修見惠風。鶴俸高分開志局，酉谿從此不迷濛。

捫心自愧本駑駘，孤陋何堪學剪裁。却幸稟承都有自，敢辭綿力效涓埃。

聞警

喘息疲氓病未蘇，遥聞篝火又妖狐。苴蘭落日愁雲暗，洪杜腥風介馬呼。時賊據王家坨。幾處綢繆嚴户牖，何人飛輓急芟芻。夜闌擬把蒼蒼問，璀璞于今尚有無。

避難行

州師往歲屠封豕，餘孽紛紛争竄徙。可恨渠魁未就擒，死灰重作燎原起。今秋羽檄疾飛梭，芻糗倉皇掣肘多。議餉議防兵未集，賊鋒已渡延江河。賊由王家坨渡江。傷心七月月初九，天險巖疆皆失守。志士空懷保障謀，健兒已逐流螢走。黑水軍孤勢不支，連宵城北多歸旗。摧殘共怕金甌缺，震盪還愁鐵桶移。鐵桶土司時鑄，今存冉氏宗祠。角聲漸偪烟塵昏，獸竄禽奔村復村。曠野時聞故鬼哭，枵腸望斷盂蘭盆。州俗以月半祀先，其典最重，今避亂，皆不獲舉行。頳唐我亦殘骸惜，躍馬雞鳴憑短策。一個奚童一劍囊，掉頭頓覺地天窄。家家兒女各東西，蒿目沿途增愴悽。安生縱有藏舟壑，時將赴板凳巖砦堡[二]。禦侮誰丸扼塞泥。吁嗟乎！黄頭郎，白芳子，昔何勇鋭今何葸。故應監牧倏乘除，時王个山先生已謝事，新任張公子敏接篆甫數日，籌防籌餉，一切茫無頭緒，故民心不能固。不及綢繆先未雨。

【校記】

〔一〕凳，原作『登』，據句意及下詩《王家坨陳氏宅僑寓感事》題注改。

王家坨此州南近板凳巖地，與龔灘下地同名陳氏宅僑寓感事

半世傷流寓，摩挲已白頭。何緣頹老日，復值亂離秋。殘葉難依樹，寒蛩欲上樓。幾時烽堠息，聊此暫淹留。

曾營馮煖窟，指板凳巖所築砦堡。咫尺足周旋。去寓處才五里。扼險良家借，當關俠少先。附近丁壯俱集，爲分守要隘。妻孥欣再聚，骨肉慶重圓。長子願、三子恕護送家小至寓。祇有南遊子，羈栖尚各天。次子恪在湖南未歸。

一昨偵人至，傳言賊已南。四圍探虎穴，三日據龍潭。賊據龍潭三日，四山搜索，擄掠甚慘。道左無完皿，河干有脱驂。刼灰蓬勃處，消息問誰諳。

疇效秦庭哭，空勞望眼開。堠長烽影斷，夜永角聲哀。慘慘流民屋，沉沉撥亂才。更闌回

首際，故里尚雲偎。

幸託山深處，楓林静不譁。哀鴻雖有宅，萇楚懼無家。搔首蒼天問，巡檐白日斜。援兵聽漸集，化或免蟲沙。

自挈全家至，覊遲已浹旬。盤餐忘市遠，尊酒見情親。似此憂同患，居然德有鄰。兒孫談遇合，須憶潁川陳。

歸家志幸

漂泊妖氛過，田園尚未蕪。連村鷗夢穩，慰目稻花粗。水淺見魚婢，更殘聞鴈奴。還憐蹂躪處，困躓未全蘇。

賊去後使人探梅樹莊屋，穀帛器具抄掠一空，惟書籍室宇尚存，亦不幸中之一幸也

豺虎去郊墟，伻來問敝廬。數間存老屋，百本剩殘書。豈意兵戈後，能逃刼火餘。門庭重整理，尚足賦閒居。

九日擬重登玉柱峯，有事未果

玉柱嶙峋四十洲，憑欄曾此豁吟眸。寥天一字鴈横塞，拔地千尋雲入樓。滚滚長江仍昨夢，蕭蕭落木又深秋。底緣閒却持螯手，載酒空懷絶頂遊。

讀亡友劉石溪《春秋析疑》，感而有述

《春秋》在五經，奥義殊難省。我友石溪子，治之得要領。比事與屬辭，元精貫耿耿。石溪一生得力在『比事屬辭』句。會通言外意，褒貶判畦畛。不同《左傳》癖，肯賣公羊餅。疑析果無疑，精光浮内景。憶昔每盍簪，清談忘夜永。間作芻蕘獻，多君輒首肯。其心比竹虚，用獨超凡境。胡爲集甫傳，豎遽膏肓逞。咄嗟數年内，良朋紛斷梗。草聖廖士亡，詩豪孟輿殞。修文君又繼，老淚安能忍。念我步邯鄲，叢殘猶束筍。余所著《五經集解》三十餘卷，石溪屢以及身付梓相勗，至今尚未能也。就正竟無人，是非從誰請。古調偶一彈，悲風上琴軫。

冬晚偶成

凍雲如絮罨羣峰，蓬户蕭條雪意濃。幾度襹褷看老鶴，依然卓立在高松。

橘頌

后皇有嘉樹，徧植龍潭陰。每當圓果摶，芳菲盎平林。厥包昨見惠，精采揺黄金。咀含出道腴，齒頰時餘馨。滌我儒酸氣，增余梗理心。感兹懷《橘頌》，展卷恣豪吟。

歲暮行五首效《綏山草堂集》體

歲聿云暮多淒風，驚沙捲地隨飛蓬。擬向長洲搴芳草，回黄轉緑天無功。董子書帷每晝下，腐儒頭腦憑冬烘。一歌歲暮兮歌始放，靈曜西征足惆悵。

歲聿云暮多嚴霜，江湖滿地皆蒼凉。况復連年莽豺虎，四山落日稀牛羊。短褐齏鹽不自給，色難何處餐楓香。二歌歲暮兮歌思遲，大野寒流無令姿。

歲聿云暮苦霰雪，高巖嶔忽層冰裂。晚來束藁浸寒水，死灰乍然行復滅。炙手回春有比鄰，平生未肯因人熱。三歌歲暮兮歌已悲，長鑱白柄今阿誰。

歲聿云暮歲又徂，白駒過隙真須臾。生世未能光竹帛，亩牙樹胲空丈夫。少陵寒餓且千古，草頭之露吾豈徒。四歌歲暮兮歌轉急，思牽中夜百憂集。

歲聿云暮歲將换，長夜漫漫愁難旦。乍聽荒雞非惡聲，燈前起舞光凌亂。同心誰爲越石豪，崔巍空見南山粲。五歌歲暮兮歌聲長，明朝散髮晞扶桑。

臈日晚步

朔風剪剪寒，天地生淒肅。信步過前墟，東西隨所矚。棲鴉凍不啼，烟樹慘無緑。茫茫思大化，發斂有倚伏。賴兹元氣藏，才得生機蓄。試看回陽和，葱蘢百卉足。達人值窮困，無徒傷偪促。

日昨驚烽火，百里烟塵昏。焉知藐藐躬，依舊守蓬門。糟牀酒幸熟，煁竈火猶温。雞黍邀知交，詩書夙好敦。此亦乘除理，默然主宰存。隨時適吾適，苦辛何足論。修短憑物化，坦坦聽天恩。

州志告成

梨棗儲來四月天，書成計日付雕鐫。邊疆記載防疏漏，惜墨那能效昔賢。
編纂剛成得半功，陡驚烽火徹宵紅。鈔胥梓匠皆星散，難把斯文望有終。
繼美何緣又達官，招徠依舊理叢殘。摛華賴有旋風筆，廿四編完歲未闌。謂右之。
祇恐書成急就章，蒐羅典册欠周詳。譏彈異日憑英俊，刊謬糾訛拭目望。

祭竈

頻年隨例餞東廚，莫恡寒門禮貌疎。薄酒三盃餳半盞，安排也自費工夫。
擬學當年陰子方，蓬廬無處覓黄羊。小詩寫向神前讀，信筆粗豪恕老狂。

摶沙吟

偶把摶沙證夙因，一燈風雨重傷神。劇憐垂白歸田後，老泪年年哭故人。

候蟲吟草卷十三

甲子同治三年

元日試筆有感在公草。

閱徧塵勞七十秋，驚心甲子又從頭。棄來禿筆將成塚，西抹東塗尚未休。

雪中春望

玉立看羣岫，寒光隱接天。裝成新井里，沉没舊烽烟。一白尋詩路，雙清把釣船。與誰同策蹇，瓊島共蹁躚。

撲面東風峭，陽和力尚微。同雲高欲拆，飢雀冷還飛。衰老田廬戀，荒寒舊故稀。所欣塵事絶，瀟灑勝輕肥。

客至

春草緑已徧，春花開正繁。客來閒把盞，談洽重開軒。草緑浮書幌，花香入酒樽。此間足真樂，何待訪桃源。

赴局

邊庭火鼓尚心驚，駑蹇依然逐隊行。顧影空憐雙鬢秃，憂危那得一肩輕。宵來夢有回天兆，曉起歌餘斫地聲。布襪青鞋隨嬾散，不堪回首憶承平。

暮春過大酉洞用明無名氏題壁韻

武陵仙境易迷漫，幾樹桃枝幸未殘。花落花開春不管，更誰重倚石闌干。

初夏大雷雨夜坐

户外雲如墨，天疑手可捫。迅雷幾破柱，驟雨欲翻盆。梵誦蛙聲寂，花摇燭影昏。更闌渾不寐，消息共誰論。

豈是銀潢決，飛流入耳高。淋漓天果漏，跳蹴浪争淘。酸已黄梅熟，凉猶白紵拋。好將兵甲洗，延望夢魂勞。

雨霽閒眺

山城少酷暑，雨後凉愈滋。衆緑扇南熏，流雲去不辭。憑欄一縱矚，清氣叢鬚眉。銜泥看紫燕，舌澀聽黄鸝。動静各有適，生成誰得私。喟彼名利徒，勞勞復奚爲。

和徐秋山别駕留别州人原韻，即以送行

監州是處足羈栖，信美河山任取攜。市駿識能空冀北，浣腸源不借江西。久推破柱輪困膽，才展蕭雲蹀躞蹄。公以防堵功新晉知州銜。底事甘棠春甫到，驪歌先占早鶯啼。

梓里頻年正起痾，攀轅無計奈公何。綬黃詎似蛇添足，芾赤翻嫌吏荷戈。別浦魂消芳艸嫩，離筵恨惹落花多。難忘剪燭官齋日，唱和何時墨再磨。

皖水風流健絶倫，疲牂追步費艱辛。篋中高唱香如昨，扇面鴻題墨尚新。年前見惠詩扇。共詡謙冲能下士，誰知痛癢本關民。試看翰灑臨歧處，益信多情兩字真。

老我無才繼史遷，循良欲傳重流連。捫心竟負三生契，回首空談兩世緣。僕與公子少山亦稱莫逆。遠道綿綿留夢草，春帆渺渺入湘烟。公時赴湖南就長公子養。急流勇退真堪羨，畫舸憑誰繪米顛。

閒遣

把卷臥蕭齋，齋空夢亦冷。愁余嬾成癖，鳴鳥時相警。鳥語正淒切，開函見古人。古人骨已朽，姓字空嶙峋。再過數百年，阿儂復成古。喟兹嚼蠟意，且把瑶琴拊。

世人慕長生，長生奚足慕。茫茫元會終，天地且難固。倘其果弗死，徑到倚杵時。跼蹐不得伸，七尺焉能支。蟪蛄昧春秋，朝菌忘晦朔。試問老長頭，壽夭疇較樂。

薰風吹昨夢，飛上蓬萊顛。回首視齊州，居然九點烟。洪崖杳何處，安期難再尋。惟有滄溟水，汪洋自古今。城雞忽亂叫，老我發深省。始知秦始皇，塵夢未嘗醒。

讀董叔純太守《援守井研記》書後

九閶誰割乖龍耳，擲下滇池作妖李。賊首李永和，雲南人。柯葉張王芭蘗成，狂花遂逐南雲起。從此吹唇瞰蜀都，風聲鶴唳無時無。雄關幾處丸泥失，間道競尋僻邑趨。制防大府宏遠見，特揀奇材當一面。公膺重寄扼井研，賊鋒瞥眼驚飛電。以戰爲守親誓師，連朝折馘争搴旗。長鯨陡受孤軍搗，敗衄㹀徒羞不支。肉薄攻城城實瑕，地雷火雉轀轒車。機械公輸智力竭，登陴士卒安無譁。可奈淫霖釀泥淖，援兵咫尺竟難到。析骸易子將須臾，請命爲民冥漠告。雨中慷慨誓登樓，河山莽蕩天爲愁。長嘯一聲氛霧徹，銀潢擁出水晶毬。吹笳歡生劉越石，帳下健兒齊感泣。静聽蕭蕭班馬鳴，背城共擬重借一。平明蓐食摩敵壘，敵氣皆墨角聲死。磝碻三覆先成禽，膽裂豹貜盡披靡。黄髮蒼髫歌更生，將軍大樹蔭全城。有客爲公表偉烈，登樓嘯月圖峥嶸。樓高高兮月皎皎，圖成但覺乾坤小。千古長留鸞鳳音，蘇門曠達詎云好。我未見圖見公記，行間字字饒生氣。安得當道皆老羆，頓將清晏還天地。

讀《漢書》雜詠

洛陽年少本無倫，莫恠螭頭痛哭新。試問漢庭諸將相，憂深厝積更何人。

詞賦淵源溯漢初，驚才絶艷首相如。茂陵底事求遺稿，忘却當年諫獵書。

虎頭燕頷度燕山，拚使沙場裹革還。絶域遠開都護府，居然生入玉門關。

射虎將軍老不侯，風雲變色失期秋。何緣專閫多謙讓，不爲天朝柱石留。

變姓逃名出九閶，吴門風月足徜徉。千秋一箇神仙尉，比似逢萌更有光。

樂道垂綸七里灘，羊裘輝映碧波寒。雲臺星宿都零落，爭及桐江一釣竿。

苦熱

苦熱不成寐，開門月滿廊。蟆更官署促，蝶夢漆園荒。俗子名難記，閒愁恠勿忘。誰歟陶靖節，高臥北窻凉。

四面山如畫，飛來影不齊。聽殘蓮漏冷，坐久玉繩低。夜氣清原在，勞生苦自迷。解衣剛就枕，舜蹠又聞雞。

鍾進士啖鬼圖

度朔仙亡荼與壘，陰風慘黷來袄鬼。鍾南進士怒眦裂，手提三尺青蛇起。搜巖剔穴覓潛踪，捉得鬼頭尤切齒。狂嚼不嫌尸氣腥，生吞宛爾甘如薺。伊誰妙手貌斯圖，凜凜威風生滿紙。祇今鬼母更譸張，鉢揭牟尼赦其子。公然刀仗挺修羅，散入三千法界裡。磨牙轉把蒼生齕，沉痛呼天天不耳。安得此老竟重來，一將大地塵昏洗，鬼骨飼虎虎亦喜。

贈扶南

年來簪盍謝良朋，寥落居然入定僧。賴有侯芭時問字，幾番疎雨伴孤燈。余在公局兩年，惟生一人伴讀。

濟濟英材歎積薪，後來居上竟何人。願君勉礪扶摇志，六月天池看早臻。

初秋晚眺

不知秋已到，一葉忽驚飛。映水烟光薄，辭巢燕影微。徂年如此迅，曼壽自然稀。竚立蒼苔久，蟬吟又夕暉。

望月吟

平生少夜坐，苦把嬋娟誤。今夕啟疎簾，流輝炯入户。攬衣步庭中，觸目多清趣。桂遠暗浮香，竹稀時滴露。栖烏三四五，移過窻外樹。啞啞微有聲，似欲秋光訴。我亦傷秋士，感歎良有故。鼎鼎百年内，誰其金石固。共茲遲暮懷，躊躇不能去。回視三徑邊，微風吹蘭杜。

蘆花

一白皓無際，寒蘆盡作花。顛風來隔岸，吹雪去誰家。蕭瑟秋將老，沿回夢有涯。此中堪寄傲，檢點釣魚槎。

五人墓 閲明周吏郎順昌事作。

有明末造天步屯，羣奄柄國烟塵昏。曰殺曰生且自擅，綱常名教遑具論。君不見吏部周公德罕匹，感時撫事歸田里。爲霖卷却泰山雲，直道冀全君子履。胡爲一旦來風波，緹騎四下如飛梭。曾參殺人莫須有，呼天不救將奈何。黄童白叟集桑梓，焚香乞命泪若洗。琅當擿地雷霆驚，東廠逮人誰敢爾。衆中五子忽皆裂，奮起老拳同一瞥。大璫雖幸鼠子逃，小璫已見尸流血。撫案倉皇大點兵，周陸網設求主名。昂然共作挺身應，顏馬沈楊聲錚錚。百折千磨節不屈，頭顱彼此甯駢戮。愁雲黯結日無光，藁葬應終化碧玉。孔曰成仁孟取義，匹夫何知聖賢志。青山千古護孤墳，竟將浩氣還天地。甘心鷹犬嗤羣公，苟活能無羞面紅。守塚麒麟高十丈，松楸未老埋蒿蓬。

古洗歌 并序

同治三年春，州東乾溪龍洞灣民刈草山間，於石下得銅器，底蓋完好。中貯五銖錢七千餘，錢上有書一卷，觸手灰滅，不可揭繙。太守董公以十餘緡購得之，暇日出以相示，身高五寸，圓徑二尺，蓋高二寸，較身大寸許。周圍作雷回紋，蓋内篆『富貴昌宜侯王』六字，旁安雙魚，底止『宜侯王』三字。銅質不甚精而篆法奇古，衡以鍾鼎欵識，殆仿古洗爲之者也。聞出土時緑沉斑駁，得者不知寶貴，刮磨幾盡，甚堪惋惜，然幸猶歸賞鑒家，因作長歌，以慶此物之遭遇云。

西山岃崱本中土，晉永嘉後陷蠻夷。圖書法物盡湮滅，徒令好古深歎咨。兹器不知始何代，珍藏寶翫曾阿誰。想因身世值變亂，巧偷豪奪興遐思。埋没遂等瓦棺葬，荆榛庶免銅駝危。刼火紅羊歷幾度，于今重教天日窺。惜無年月時難考，幸有形模理可推。定是廟堂盥薦器，兩魚乃爾争揚鬐。侯王富貴妙禱頌，雷回紋繞蟠蛟螭。目今作志搜舊蹟，梯崖架壑窮崜巇。彭北石迸涪翁字，咸豐八年，彭邑小北門徐姓牆圮，見石壁上有舊刻『楊叔皓明、任栞子修自城西來會于石間』十六字，末署涪翁題，蓋山谷真蹟也。州西寺出永和碑。州西城子頭寺中得斷碑一，内有『永和八年』字尚可辨認。天爲斯文添作料，此洗晚出尤恢奇。年久偏能免玷缺，緑沈掩映青銅姿。江都太守眼如月，兼金購得陪尊彝。日昨許儂共把玩，手磨袖拂開雙眉。顯晦世間信有數，不當其際終迷離。往昔涪陵古鐘出，從以錞于驚羣兒。未獲上同始興獻，芒莖振捋疇斛斯。我爲兹洗慶得主，表彰愧乏瓊瑰辭。敬借銘言占吉利，子孫永寶無窮期。

栖鶴菴懷明閣學文鐵菴先生，即用其題句元韻

鶴去空山歲月賖，鐵菴遺蹟冷烟霞。憑欄欲覓題詩處，烏柏無言自落花。

幾回覽勝願空賖，秦晉光陰止斷霞。歸鶴他年如可待，好鋤明月種梅花。

讀東方曼倩傳率成

牛腰巨軸上螭坳，意氣崚嶒壓輩曹。自詡才華兼詡貌，千秋誰似此君豪。

莫漫偷桃辨假真，即論諧謔已無倫。輸贏射覆渾兒戲，苦煞尻高郭舍人。

宣室深嚴地總寬，那容佞幸得盤桓。片言褫落珠兒膽，無此批鱗好諫官。

殿廷得失每相爭，揚馬班中別有名。休爲歲星甘大隱，竟將方外例先生。

題畫二首

達摩渡江圖

浩浩長江險，孤蘆穩渡回。何因五葉後，不見一花開。

東坡笠屐圖

偶然借笠屐，瑣事亦千秋。不識烏臺案，擠排爲底謀。

步何竹生少府見贈七絶元韻

空山寂寞笑誰如，冷把梅花守敝廬。照眼忽教驚二妙，放翁詩格右軍書。何工書。

一片光明雪不如，清輝照徹白雲廬。殘年喜遇何平叔，勝讀人間未見書。

户閉顛當尚不如，旁人錯擬草元廬。何緣割得邱遲錦，黄葉林間學著書。

前途無處問真如，巢蛣頻年此寄廬。衹好揚州東閣句，抄懸肘後作奇書。

秋夕有待

鴈影横斜落，柴門冷不關。留雲看老樹，吐月待遥山。暮色已如此，幽人殊未還。蒹葭秋水外，何處有追攀。

閒眺

危樓倚檻看雲飛，天半霞峯寺名出翠微。點綴秋容清入畫，夕陽紅處一僧歸。

九日登高未果

幸無風雨惱重陽，箬笠芒鞵幾輩忙。老去漸知高處險，尊前坐對菊花香。

朔風

朔風隱隱動烟蘿，棋局年華瞥眼過。落葉飄零秋夢杳，歸鴉牽惹客愁多。樓高幾處吹羌笛，江冷何人理釣蓑。可幸敝裘猶好在，憑教雪壓鬢絲皤。

次子恪莊上送黃橙至，戲占

蝌天霜信久凝思，百顆團欒到已遲。莫笑老夫酸態重，此君風味舊相宜。

歸家見園中水仙將放，喜而有作

嫣然一笑見嬋娟，老我相逢尚有緣。解珮芳神疑洛甫，凌波幽韻憶湘絃。安排棐几筠簾供，點綴寒梅小雪天。祇恐真仙真降鑒，新詩未稱薦清泉。

梅花

昨夜孤衾凍，清香入夢來。捲簾花似雪，悦目笑成堆。不礙冰肌瘦，翻嫌玉照纔。扶持煩老鶴，園户莫輕開。

雪霽

芒鞵久不過山蹊，失喜今無望眼迷。殘雪冷消松徑北，梅花香入竹樓西。此間訪友宜呼渡，何處尋僧可杖藜。陡聽一聲行不得，門前隱約鷓鴣啼。

愁緒

空山愁緒鬱嵯峨，仰屋搔頭發浩歌。老去知交歡會少，亂餘閭里阨窮多。回翔遠憶寥天鶴，蒼白微聞出地鵝。擬棹扁舟烟水去，羊裘生恐愧漁蓑。

碧津橋題柱

晴虹臥百尺，勝蹟偶淹留。雪壓水邊樹，風寒橋上樓。炊烟明老屋，漁唱起清謳。俯仰悲今古，茫茫孰借籌。

臈日書懷

臈鼓驚心歲又遷，風塵回首重悽然。自呑雲夢胸初濶，屢過邯鄲夢未圓。緑螙紅蟫成老伴，腰金騎鶴讓神仙。恰餘一管生花筆，五色依然入夜鮮。

除夕聞州城失火，感賦

歲除日午驚融風，東南倏忽天光紅。傍晚紛紛傳火信，中街闤闠幾成空。我聞此言重悽惻，二百年來無此烈。國朝二百餘年，中街從未失火。是誰牽綴動青猪，頓使炎炎撲不滅。夜闌舊恨憶年前，粵西戎馬來窺邊。經過墟落半煨燼，斗大山城猶瓦全。何緣復失昊天弔，吴回暗共元冥召。嘻咄纔聞亳社災，去歲下街火。大庭又見梓慎告。爛額焦頭堪慘傷，豈真曲突少周防。休徵或者文明啟，故教火色呈嘉祥。痴懷展轉心如結，幸勿譋言疑瑣屑。長歌權當柳州書，除舊布新須及熱。

祭詩

老懶年來不祭詩，遂教落紙少新詞。今宵重把樽罍啟，能否心師更得師。

辭歲

爆竹聲中樂意偏，牙牙稚子學辭年。老來囊橐空如許，照例難分壓歲錢。

乙丑

立春後一日夜作在公草

日昨春纔到，平原草未青。輕烟淡微月，古戍閟空亭。欲畫殊難狀，苦吟誰與聽。會看陽氣足，百卉自呈形。

憶遠

憶與故人別，頻年悵索居。交深時入夢，道遠苦無書。渺渺一黄鵠，沉沉雙鯉魚。何緣重把袂，積悃共爬梳。

尋春

未知春色來何處，閒撿芒鞵試碧苔。照眼乍驚芳訊到，隔牆早已杏花開。

蝶

翩翩紺碧粉匀塗，繚繞亭臺意態殊。爲問一生花底活，可能夢到漆園無。

題董叔純太守《餘事詩存》集後

從古詩人例入蜀，少陵去後放翁續。兩雄堅壁屹騷壇，摩壘誰能矜角逐。曠代奇才今復生，神鯨跋浪來滄溟。野魅山精紛遁走，巨石迸裂天爲驚。天驚俯視蠶叢路，大雅淪亡經幾度。仙樂從公下九閶，箏琵一洗新聲誤。許身稷卨幸逢時，銘勒燕然真有期。不須幕府依嚴武，雄關卓立天王旗。師中偶作登樓嘯，有登樓嘯月圖。鶴膝犀渠皆詩料。揮斥百家辟千夫，依然老羆臥當道。西踰玉斧東西陽，長城到處尊邊防。杜陸二公遊屐所未逮，元狐赤螘、丹崖琪樹一一收奚囊。日昨瑶華示下走，珠光閃爍狻猊吼。棒喝能教兩耳聾，翡翠蘭苕無弗有。披吟竟夕開疎寮，夜深劍氣燭層霄。甫應把臂務觀哭，此集人間永不祧。

新燕課徒作

夢冷烏衣秋復春，憑誰寂寞芳慰辰。多情恰有梁間燕〔一〕，不負蓬廬舊主人。

【校記】

〔一〕問，原作『問』，據句意改。

早鶯

年年三月始聞歌，鼓吹詩腸奈晚何。今歲應知春樹暖，枝頭鶯已鬥金梭。

生日牡丹盛開，感賦

殘年抽得自由身，權與名花作主人。設矢已經三月暮，當筵猶足十分春。生來富貴原無分，老伴瓊瑶恰有鄰。朋輩不須誇艷福，願從色界看松筠。

憑欄

彈鋏歸來歲月寬，消閒時復一憑欄。楝花落盡風都嬾，梅子黄時雨欲酸。娱我舊存詩幾卷，留人新長竹千竿。倉庚何與清修事，鎮日枝頭呌未闌。

夏晚即事

么荷葉葉罨疎烟，點綴池塘分外妍。更有少陵詩景在，一行白鷺上青天。

柴門幾處對江開，浮鼻烏犍渡水回。勾引老夫吟興遠，東崖月出始歸來。

月夜獨坐

荇藻交横月影明，空庭如水嫩寒輕。坐來便覺絺衣薄，自笑人間太瘦生。

次董叔純太守《酉陽雜感》二十首，用杜少陵秦中雜感韻

二酉皇輿定，圖書敨壯遊。山深恣鵲喜，洞古失龍愁。颯爽空皆色，蒼凉夏亦秋。桃源真彷像，勝蹟足勾留。

囂塵飛不到，城小大山宫。室有芝樓矗，陴憑雉堞空。宵寒狐拜斗，潭毒蜃嘘風。天險占形勝，岧嶢冠蜀東。

拄笏延秋爽，泉聲聽午沙。熊羆山與館，鳧鴈水爲家。入畫金甌固，穿雲石磴斜。西南天一握，玉柱信堪誇。

俯視乾坤小，靈巖獨立時。烟光分顯晦，蟲語雜歡悲。出岫雲歸速，横空鳥去遲。壁窩宜作字，何處訪羲之。

帶楚襟黔地，由來可自强。濡涵資澤遠，磬控賴鞭長。弔影悲鴻鴈，邊聲走驌驦。何因開浩刼，搔首問穹蒼。

慘絶思渠水，南征將不歸。草腥人血漬，螢冷鬼燈微。戍野烽將斷，巢林燕欲稀。儒酸痴未已，吟望減腰圍。

竟夕欃槍望，芒寒翼軫間。豺狼雄擇肉，貔虎怯當關。屢見成師出，疇聞振旅還。恍恍諸將校，何以答天顔。

禍幸天心悔，潛教殺運回。龔黄欣繼至，韓范儼重來。沴氣干戈洗，祥光日月開。懸知三捷奏，大慰鬼雄哀。

妖氛看已盡，鞞鼓臥邊亭。爨竈蒸烟白，松雲壓屋青。農歸諧望歲，德聚重占星。壕吏追呼息，騂騏偏野坰。

痛定重思痛，心春觸緒繁。蟻隤原有穴，魚爛豈無源。蔽芾甘棠樹，生全苦竹村。勿徒議飛輓，脂竭早蓬門。

一紙新詩降，陳芳首欲低。夏聲浮玉版，秋氣老芝泥。雒誦燈花燦，高吟兎魄西。餘甘回齒頰，催曉又更鼙。

憶昔車初下，流膏仰惠泉。中牟三善續，生佛萬家傳。鷺嶼鷗波外，漁磯燕壘邊。釣耕都得所，閭左正懽然。

那識烏蠻種，巖疆尚有家。狼烽纔熄焰，蜮射又含沙。眼斷新收秫，鋤荒舊種瓜。羽書紛急遞，誰信是空花。

縹緲浮雲幻，居然鑒在天。虛聲知恫喝，訛火誡流傳。遠撤迷師霧，珍餘藏府泉。么麼驚鎮攝，戎馬息窺邊。

自惜儒冠誤，勞勞僕馬間。半生多泛梗，垂老始歸山。香擬芝田挹，珠看合浦還。顛毛頻引鏡，無那落詩班。

揣測襬褷態，難言立不羣。相攜鄰舊雨，敢冀蔭慈雲。首白安鳩拙，眸青與鶴分。閣東延攬處，謙抑幾人聞。

暢好師資近，時瞻霽月光。每因詩脫口，渴想禮循牆。杯笋侯生醞，絃歌宓子堂。前緣推翰墨，問字倍情長。

咫尺瓜期換，卿雲引欲歸。江山留治績，芹藻靄餘輝。莫遂攀轅意，空懷附尾飛。摩挲碑十丈，疇與紀恩威。

短堠長亭外，臨歧録別難。梅花山路窄，槲葉馬蹄乾。紞鼓驚宵夢，驪歌宕曉寒。蒼生依戀切，頌禱徧騷壇。

馬首期重拜，蒼茫事莫知。錢攜扶杖叟，榼挈勝衣兒。德範金堪鑄，輿情酒若池。踆烏同怲怲，留照女蘿枝。

讀《王陽明集》

半生得力在良知，瘴雨蠻烟險不辭。可怪鯨鯢親手縛，功歸天子總戎時。

躬行實踐續傳薪，政事文章兩絶倫。似此猷爲譏異學，聖門特立屬何人。

題《劍俠傳》後

偶試非常技，恩仇快絶倫。能弭今古恨，合讓此中人。

縷切負心肝，炙成下酒物。底緣千百年，不再劍仙出。

次叔純太守留别士民五古元韻，即以送行

勝境闢嫏嬛，奇書饒小酉。浮生非夙慧，安能侈探取。緊惟江都相，蒐羅妙衆有。三策掞天人，一麾兼牧守。不辭枳棘棲，德已鸞凰厚。重值阻飢餘，災黎猶散走。乘虚啟跳梁，窺間煽羣醜。風鶴公不驚，綢繆先户牖。中澤集哀鴻，涕零垂老叟。子衿飫雅化，酣如飲醑酒。嘘枯捷轉圜，美成甯待久。翳桑少餓夫，邮緯無嫠婦。寛猛兩持平，措施誰執咎。慈本仙佛心，斷尤霹靂手。採擇到芻蕘，千金酬潡帚。蘭芷盡升庭，駑駘齊仰首。方切攀轅思，遽聞歌折柳。震動徧士民，奔馳彌隴畝。恍若呱呱穉，中途失乳母。借寇苦未能，陳情空有口。何以慰永懷，何以銘弗朽。好將録別詩，箴警同師友。勉爲璞裡玉，莫作禾中莠。大壑與深山，罔或逋逃藪。藉茲葑菲忱，惇悔庶無負。

再疊前韻

兩川多上腴，瘠薄唯吾酉。杼柚悵屢空，珮璲安能久〔一〕。所幸民俗醕，澆漓尚無有。士解銅行治，農知石田守。邇來幻滄桑，跼蹐生高厚。邊既蛾賊窺，腹亦天魔走。庶彙困凌暴，誰其辨好醜。仰荷簡畀恩，仁風回户牖。外綏復内靖，殊施淪稚叟。共竭負暄忱，齊獻躋堂酒。公乃惻然矜，憫茲僡者久。屏翳戒雉媒，焚巢免鳩婦。包荒不遐遺，遄往占無咎。偉哉覆物心，卓爾扶輪手。從善如決河，滌瑕類汎帚。嗟余老伏櫪，甘俯驤雲首。猥蒙紵衣寵，春暉盎榆柳。感激效馳驅，逐隊來畎畝。内欣己得師，外慶民有母。何圖檮昧流，妄肆雌黄口。白璧玷青蠅，奚能誣不朽。公論千秋在，飲御我諸友。衛道共干城，亂苗謹稂莠。見晛雪自消，全此人材藪。異日或登龍，休教盛德負。

【校記】

〔一〕『久』，疑當作『取』。按：董貽清原詩此句爲『次第供搜取』。作者既爲次韻，比處亦當爲『取』字，參前詩及後兩詩可知。

三疊前韻

日昨和公詩，自午直至酉。疲牂追驥尾，顛躓奚堪取。豈若曠世才，恢詭無不有。蝨蝕笑書淫，蛙吹嗤墨守。枯荄黯春色，綿力本難厚。何意眼垂青，齒録牛馬走。遂令兀者駘，亦復忘老醜。烏兔所寵廬，開鑿得户牖。大似賣醬翁，又如治篋叟。忽值伊川程，醉心甯待酒。回憶乞假歸，今已八年久。未獲鉛刀藏，馳逐車中婦。喪茀祇自憐，乖露夫誰咎。偶學寒螿噪，敢希鑿輪手。間抛引玉磚，藉致掃愁帚。克敵或伸眉，豎降時仰首。却幸桑榆暮，親炙韓與柳。咀嚼出道腴，荒穢鉏農畝。那須師老聃，教父貴食母。即此五言城，已足飫饞口。君子不朽三，唯公真不朽。僊僊鶴罕儔，矯矯龍爲友。是彝更是訓，不稂兼不莠。驪駒忽在門，次韻逮巖藪。龍文百斛扛，健筆疇能負。

代作四疊前韻

山水藴靈奇，夙聞大小酉。雷霆攝五丁，秘笈時攫取。唐宋逮元明，作述幾無有。熙朝訖聲教，司以賢牧守。郅治漸摩深，聖涯涵濡厚。土風一以變，民盡膠庠走。近復苦瘡痍，么麽恣僚醜。連歲警風鶴，邊圉少完牖。幸沐襲與黄，恩膏周童叟。黍谷重回春，乞漿先得酒。方歎來何暮，陡驚去不久。感愴念鰥生，兀若閉幃婦。德慙郭有道，才愧晁無咎。雖懷卧轍心，難引扳轅手。釣詩雖得鈎，掃愁難覓帚。俯仰自傷懷，踟蹰空搔首。鬱鬱澗底松，依依道旁柳。共兹瞻戀忱，祖席遲隴畝。始信古循良，趙父及杜母。愷惻被閭閻，頌揚碑在口。公本轡如琴，猶嚴索馭朽。一片保赤慈，千秋能尚友。入網盡珊瑚，非類鋤稂莠。蕞爾巖巖疆，依然育材藪。蹌濟願多士，析薪知荷負。

中秋感懷

還鄉已閲八中秋，此夕纔看兎魄浮。老子偏教情緒惡，嬾隨裙屐上南樓。時長子愿被羈渝城。
也知三萬六千日，難得銀蟾歲歲圓。可奈覆盆光不照，不堪美滿對嬋娟。

秋宵遣悶

治啟文明後，綱常終古尊。潰防容有水，畔道總無門。誰遣天魔入，幾令地軸翻。滔滔看日下，砥柱恐難言。

荒唐踰釋老，自詡得真詮。爲有金雞赦，公然木鐸宣。當途多左袒，到處握中權。魚肉蚩氓徧，寃沉劇可憐。

赤子闢元氣，株連望酌斟。好存華夏分，休縱犬羊心。公論防青史，神州鑒陸沉。昌黎渺何處，搔首日欽欽。

感憤書難盡，愁來淚欲瀾。江湖雙眼窄，風雨一燈寒。衣薄秋先覺，衾孤夢未安。吟成雞已唱，曙色又烟巒。

壽鄧秋湖刺史

小雪霏霏候，陽回有脚春。賓筵開二酉，朋酒晉三辰。山阜歌聲徧，臺萊樂意新。誰能黄鵠舉，不作負暄人。

夙仰循良譽，高風未可攀。政齊龔渤海，名重白香山。夢協三刀兆，吟成五緎閒。何當帲壽宇，蒼赤盡懽顔。

遠溯雲臺契，宗功有世交。祇今歸短鋏，依舊接仙曹。德許蘭儀佩，詩聆玉屑拋。痴懷難自秘，祝嘏已宣匏。

緑髪公孤待，霜華不敢侵。懸魚雖自礪，酌水且輸忱。淡遠梅花映，慈祥佛子欽。璇穹蕃錫厚，籌海慶壬林。

和秋湖刺史自壽七律四首元韻

挾策曾聞裕治安，才長那肯老枝官。大裘覆處冬皆煖，廣厦遮來士不寒。幙翠平分新酒緑，缸紅遥映晚楓丹。劇憐珠履盈庭際，一曲陽春和總難。

交梨火棗萃仙鄉，農圃豳詩正築場。子惠争歌廉叔度，中生共禱郭汾陽。岡陵福命籌難測，錦繡才華斗莫量。撿點漢廷循吏傳，芳徽雅合配龔黄。

隷託帡幪近半年，懸弧剛值小春天。稱觴美集東南盛，好士聲踰六一賢。飫聽絃歌都莞爾，仰瞻喬嶽總歡然。麥邱昨效齊民祝，迂拙殊慚不玉川。

頻年踪迹溷樵漁，仰屋林間强著書。偶傍龍門參末議，翻勞燕石採虛譽。懽呼竊比銜花鹿，忭慶甯論得水魚。莫漫靈椿談甲算，八千歲自少乘除。

歎老

消磨駒隙慨龍鍾，鏡裡頻驚失舊容。鍵户怕當風料峭，捲簾愁對月惺忪。三生舊夢灰長鋏，兩眼名山閣瘦筇。白雪詩成無屬和，他年誰更碧紗籠。

病感

腹疾河魚始漸康，無端二豎又膏肓。冬烘此日真堪笑，夏課多年半已忘。栗里空懷陶靖節，鑑湖誰乞賀知章。老填溝壑原常分，嬾把還丹問藥王。

雪中偶占

空山多雨雪，今兹雪尤多。一色蒼茫外，漁舟冷釣蓑。
三白農占歲，來年應有秋。不知高臥客，問訊有人不。
纖埃無處着，蕭索可憐生。一片光明錦，荆關畫不成。
擬作禁體詩，歐蘇人已渺。冰崖曉日來，碎玉知多少。

越日又雪

前宵纔雪霽，今日又花飛。寒重裘無力，時時涕欲揮。
飢烏凍不啼，凍雀飢欲死。何處覓詩人，跨驢風雪裡。
林篠壓積雪，俯首相偎傍。祇有嶺頭松，虬枝仍倔强。
連歲驚烽火，烟塵照眼昏。庸知清淨像，依舊到蓬門。

守歲

百年一電光，今古誰能守。少壯隙駒馳，頹老風塵走〔一〕。生既異金石，衰自同蒲柳。服食希神仙，終成鶴髮叟。不守歲固去，守恐留難久。齊景泣牛山，達士爲之醜。何如高枕臥〔二〕，修短隨所有。

【校記】

〔一〕『風塵』，《續集》作『風輪』。

〔二〕『臥』，《續集》作『眠』。

候蟲吟草卷十四

丙寅

元宵前夕偶成

湘簾春掩讀書堂，華燭熒熒夜未央。燈節忽驚明日到，梅花猶帶隔年香。好尋酒醆儲醽醁，難得簫聲集鳳凰。且藉新詩銷隱恨，旁人漫詫次公狂。

病起

經春病初起，扶杖始能行。花發不知處，鳥來時有聲。倚門微雨歇，極目爨烟清。蜮射緣何事，居然待質成。

州别駕朱君琢亭以初度索詩，時余以教案牽控，將就質渝城，草此寄之，推敲固不暇也

簿書静處敞瓊筵，喜溢春華二月天。稱兕躋堂民載酒，吮毫分韻士傳箋。杏花消息添詩料，團扇風流入畫禪。我亦桐鄉新部屬，勉輸葵藿祝椿年。

髫年聲譽敵枚鄒，貢樹花開最上頭。朱湖北拔貢生。著作玉堂争引領，翱翔蓬島忽回眸。想因霖雨蒼生切，不惜枌榆白望休。致使五谿無蠏處，公然特立有監州。

權衡燕雀總持平，心稱從來有重輕。布濩已沾新德化，丰裁猶是舊書生。得天厚少三秋色，濟物深全百世名。共説歲星今再見，弧南朗朗映長庚。

遂初一賦返蓬廬，馬齒頻加歲月虚。幸傍龍門償夙願，還因鹿洞訪遺書。蘭言娓娓金堪鑄，玉骨珊珊鶴不如。祇惜江淹慳彩筆，了無雅什報瓊琚。

二月廿七日由州起程志感以下蒙難草

海市蜃樓太不拘，箇中名實兩模糊。殺人竟欲曾參坐，天下奇寃似此無。

九載蓬廬學閉關，亂書堆裡自偷閒。底緣重惹天魔妬，羽檄催人又出山。

琅琅寒柝促宵征，冒雨衝風別郡城。似報者番行不得，杜鵑聲外鷓鴣聲。

春草春波緑意微，送來南浦客依依。鑒觀自信元穹在，一任青蠅繞鼻飛。

過鬼巖

羣峭摩天處，崎嶇歎屢經。雪消前夜雨，山豁四圍屏。恠鳥飛無定，流霞去不停。時聞巖半穴，鬼氣逼人腥。

曉發爛泥壩

公牘嚴程限，客途難晏眠。侵曉上籃輿，蹴踏亂山烟。烟深暝朝日，遠樹迷芳鮮。惟有碧桃花，道左時嫣然。春色非不美，勞人空復憐。行行且回顧，苦海愁無邊。

金魚穴道中

筳輿緩欵度荒溪，春草茸茸緑已齊。旭日晴開千里霧，茅檐午報數聲雞。殘山剩水成新局，萍葉桐華補舊題。皓首尚酬行脚債，不堪回望故園西。

抵龔灘

夢泠龔湍後，回頭九稔餘。長江增盪激，古樹倍蕭疎。前路昏難辨，塵勞老未除。茫茫紛百感，此去竟何如。

延江雜感

咄咄漫書空，吾儒豈道窮。驚心剛駭浪，逆耳更狂風。前歲髮匪滋擾，兹又被誣控。自昧知時鐵，誰爲照膽銅。先型猶好在，主宰待元工。

聞説牟尼佛，羣魔鉢底收。一朝宏惻隱，九宇任優游。箸失先幾借，薪忘積厝憂。那堪驅爵者，隨意網羅求。醞釀風波惡，中流把柁難。横行紛似蠏，遡法直無官。赤子盆常覆，蒼生夢未安。誰歟能底柱，一爲挽狂瀾。

彭水

彈指春將去，光陰過客催。懸崖隨水曲，孤艇抱城來。雲意寒藏雨，灘聲遠送雷。尋常游泳地，今此轉增哀。

羊角磧

鼓枻傍江干，輕舠欲放難。險知羊角磧，危勝虎鬚灘。水力經春壯，濤聲沸耳寒。邛須呼老友，策蹇勿偷安。

亘古青山色，兹行感慨多。燼餘前度火，樹禿舊時柯。髮匪之亂，駐磧間者匝月。安宅稀鴻鴈，驚魂怯網羅。流亡幸粗復，拊字意如何。

涪州

涪陵繁富冠東川，老我重來忽惘然。舊雨新墳多宿草，大家喬木半荒烟。蕭條門巷春無賴，破碎河山夢不全。喜有匡時賢守牧，提封已得靖戈鋋。

舟曉即目

月落村雞號，枕邊聞盪槳。披裘犯曉寒，落落晨星朗。江清天共浮，水退石疑長。斧劈與麻皴，山光遠成黨。瞥睹羣鴈翔，客懷增惝恍。爾已自南歸，我行正西上。千里七旬人，此痛何堪想。

晚泊石家坨放歌

春風剪破江雲冷，散入晴空張碎錦。時時作意映船窻，蒼狗白衣無定影。世間何物不須臾，山石可爛水可枯。試問長江當邃古，掀天濁浪誰停瀦。夔門未有鼉靈導，宛委書先神禹告。童律庚辰供指揮，懷襄遂見平成報。平成報甫數千年，井底蛙狂幾變遷。人情信比洪濤險，代起英雄勞斡旋。英雄成敗亦如夢，江水東流逝者衆。片紙空留史上名，華嚴樓閣竟何用。况復生逢板蕩時，太阿柄使天魔持。江干牽逐黿鼉走，日見雲開安可期。長歌曠野無人識，曜靈倏欻看西匿。傍晚微聞杜宇啼〔一〕，一聲驚徹春烟碧。

【校記】

〔一〕『宇』，原作『字』，據句意改。

舟中偶成

開到荼蘼徧，迎眸景欲新。艇摇巴字水，風送蜀江春。吹笛來何處，流鶯解媚人。蕭閒羨漁父，烟外自垂綸。

抵渝

捨舟入郡城，惝怳如尋夢。逆旅未全非，居停易者眾。問安來質子，一見增余痛。羈縻已經歲，誣枉從誰控。牽率逮老夫，狂瀾千里送。支離剩病骨，座客皆心動。慰藉致殷勤，是非未塵霁。張冠使李戴，造物甯孩弄。利見當有期，惕吉占終訟。此理雖則然，板板懼難用。仰首姑聽之，斯言或倖中。

代和恆容齋觀察留別士民元韻

旬宣到處見才長，兆姓平分卿月光。散粥恩深真夏雨，籌邊威重凜秋霜。禮堂共仰文翁化，越橐羞駝陸賈裝。懋績頻年膺帝簡，便蕃寵錫焕朝廊。

望雲六郡久欽遲，大厦全憑一木支。棠蔭高移諧夙願，霞觴忭祝少謏詞。重瞻棨戟歡尤洽，後起菁莪樂有儀。兵氣頓銷民氣靖，賢勞竊比費尋思。

旌旆無端去鷁催，黌門感舊重低徊。曾從錦水瞻師範，旋藉巴山獻壽盃。公論圭璋應特達，下情琴鶴冀重來。孤寒八百依依處，轉我腸輪日幾回。

擬把纏綿托管城，那堪祖席對飛觥。空懷屬吏攀轅志，難遣當途臥轍情。西蜀幸教鴻鴈集，東山休戀竹絲清。試聽出峽瞿唐水，嗚咽時聞惜別聲。

古意

我讀晨風詩，感愴懷故國。相去千餘里，奮飛安可得。昕夕念知交，音塵杳然隔。昔爲散澹人，今作羈孤客。晴無乾鵲噪，雨止炊烟黑。歧路墮蒼茫，寸心愈逼仄。搔首盼元穹，拊膺長歎息。

雨後夏雲多，奇峯面面起。修蛩不藏蛇，虚巖惟貯鬼。鬼形紛百變，鬼語尤無理。甲作轉頹唐，顛倒隨所使。七旬老博士，長跽忘卹體。骨痛心更酸，歸來汗猶泚。陰德望于公，回頭顧孫子。

展轉不成寐，起瞻宵月光。空庭如積水，照影生微凉。睡客各無聲，蝶夢滿匡牀。何處發芰荷，風來鼻觀香。感時驚物變，濡滯猶他鄉。我欲終此曲，此曲斷人腸。何當黄鵠舉，天地驗圓方。

立夏

南風捲盡衆山花，空翠無聲撲斷霞。人世幾何春又夏，那堪羈泊尚天涯。

崇因寺感懷

崇因寺據渝城上，廟貌巍峩信難狀。形勝一朝起禍胎，令人感舊生惆悵。我聞蜀漢多夔皋，順平鎮此尤賢勞。遺址忽教釋子占，琳宮紺宇圍周遭。金身丈六沿西土，纓絡莊嚴光窣堵。金剛亦是不壞人，五百天魔誰敢侮。佛門廣大殊無礙，清淨因成團練界。吹角鳴鉦綽有餘，旁觀眼熱生機械。巧偷豪奪奏天子，捨宅公然奉諭旨。織室千家思盡逐，蚩氓義憤如雲起。道場頃刻變戰場，修羅宫殿飛刀光。虬鬚蓬髮紛逃竄，一紙兼程奔九閶。廟謨謹飭防邊釁，和議初成資鎮静。輕重調停二者間，姑抑吾民休與競。失一償百恣狂噬，剥膚椎髓慘莫支。十五萬金等歲幣，限年分給猶嫌遲。人言鬼子太驕縱，我道牟尼少妙用。顛沛闔城護法徒，不聞慧眼稍悲痛。蔓延從此勢逾大，爲虺爲蛇吁可怕。風波日昨盪吾鄉，又把葫蘆依様畫。

避暑五福宫

紺殿憑虚搆，河山一望收。紅塵真渺渺，青眼但悠悠。坐久日沉閣，談深雲入樓。爲憐松鶴静，欲去重勾留。

觀漲

一夜顛風吹雨急，銀潢倒注千山溼。平明有客驚江濤，漲近城根數百尺。披衣起望太平門，果見連天濁浪翻。枯查遠雜魚龍下，斷岸幾難松柏存。一波未平一波續，激盪灘雷聲㕒㕒。乘陵或恐傾天瓢，回斡真將裂地軸。川梁遠邇無尋處，縮手舟師不敢渡。對此滔滔皆是形，羈人感喟生憂懼。憶從往歲歸山邱，謝絶塵緣専闇修。無端忽值蜚廉怒，飄墮羅刹同贅疣。寃痛呼天空有口，慈悲佛子疇援手。乖覺何如作俑人，浮槎尚獲逋逃藪。此地原爲神禹鄉，那無壯士挽天網。及時可復去昏墊，與爾重瞻日月光。

謁王子任前輩歸寓作

昔讀公詩傳，心傾不世豪。博觀羣垤小，孤踞一峯高。此手空炎漢，前身信大毛。無因通欵洽，悵望日慆慆。

何幸龍門啟，飄然見謫仙。摳衣諧夙願，撫摩證前緣。度遠塵氛豁，淡清暑氣蠲。竭來差不負，可惜兩華顛。

憑欄有感

連月羈縻未出城，憑欄一笑曉烟清。江間白浪自今古，眼底蒼松誰性情。世網竟無公論在，科名奚止纖毫輕。熙朝棫樸栽培厚，何事權衡忍失平。

立脚方慙第一流，扁心人不恕虚舟。歐陽自昔多描畫，廣漢于今少距鈎。飲恨重添雙鬢雪，典衣難借百金裘。蒼蒼畢竟緣何意，困躓寒儒老未休。

存心堂小憩

勝蹟尋前夢，斯堂得未經。閒雲留小閣，凉翠撲空亭。偶爾竹松坐，淒其天地青。紅塵渺何許，羈客欲忘形。

羅漢竹杖歌

靈鷲五百阿羅漢，伏虎降龍多變相。何年圓寂歸滇池，竹自雲南販來。孕作蒼筤不回嚮。玲瓏已失牟尼珠，磊砢猶存舍利狀。虚心欲晤非一朝，勁節難逢空悵望。庸知垂老淹渝城，成束杖材眼忽明。青虬拔鬚血斑駁，碧霞映日光晶瑩。扶危此際正無侶，越險堪憑尤資卿。價廉幸止百錢值，入手居然雙玉擎。祇樹因緣得所好，摩挲時學拈花笑。冠以螭頭還本根，佐之豹足疇能撓。日月壺中藉搘持，桑榆物外閒理料。藜燃天禄雖莫期，芝采青城尚思到。臭味從今兩莫差，芒鞵箬笠共生涯。打翻瓶鉢舊窠臼，攜來蓬島新烟霞。覽勝不辭苔徑滑，談元仍可山僧誇。恰妨容易葛陂化，風雨令人深嘆嗟。

和曾聚五參軍名鷴，湖南人見惠詩扇元韻，並謝尊夫人浣溪女史畫蘭

不是三生契，前緣石上存。因何垂白日，飫領指南言。孚室心如見，含章舌可捫。羅紈重惠我，醖意勝金尊。

可惜天難問，空吟屈子詞。沉迷悲浩刼，慷慨冷新詩。芳草蛾眉妬，魁權鬼手持。同心非叔伯，誰與念流離。

擬學信天翁，翛然惡浪中。浮沉憑大命，顛□□□□。□□如能採，斯文或未窮。曰歸期早賦，于邁好從公。

一塵原未染，失計是歸耕。魚網鴻先罹，麟臺豸不行。青蠅攢晚日，白璧玷餘生。賴有公詩在，千秋仰定評。

沅芷汀蘭地，師門世澤長。德配蓉峰先生次女。湘葩開寶墨，嶽色焕巾箱。到眼香無際，捫心喜欲狂。奉揚知後此，日夕有光芒。

書扇三絶奉府學左藎臣廣文

十載同官道味親，余任金堂時，左官温江學。芝蘭臭味重雷陳。一從賦罷河梁句，雲樹蒼茫望不真。

相逢萍水又今年，石上應餘未了緣。駭浪驚濤渾弗避，人間無此有情天。

黨錮牽連未得分，邑人三百問來勤。桃花潭水深猶淺，團扇從兹合畫君。

蘇碑并序

碑爲坡公手書《洋州詩》三十首及《松醪賦》《橘頌》各一篇，刻石杭州。明正德間，蜀酆都楊孟瑛官杭守，欲復西湖舊蹟，勢豪不便，羣齮齕之。罷郡日，載碑以歸，立之重慶府學。石斷裂，渝守陳公以木束之。今現存倉勝閣。

松醪橘頌洋州詩，穹碑卓立西湖湄。傳是坡仙親手筆，風飄雨泊無傾欹。有明中葉楊杭守，浚湖欲復恢前規。惠政翻教遭掊擊，沿隄花木皆淒其。罷郡清風真兩袖，幾能琴鶴歸裝隨。兹碑權當鬱林石，載還桑梓昭型儀。薦諸泮宫比郜鼎，頻年摹搨成瘢疵。我昔聞名未目驗，半生耿耿縈寸私。訪古碣來多暇日，廟庭趨謁求深窺。學博太冲我舊友，一紙慨然見惠貽。全文雖未免缺玷，精采猶自光崕巃。燕瘦環肥各有態，蝦蟆石壓疇敢訾。裁爲貝葉急裝潢，巾箱什襲珍珣琪。回憶春明曩留滯，得公遺墨供臨池。寓都門時得公墨刻真跡，冠絶諸家。摹刻之工兩妙絶，世間贋鼎難攀追。此石精能亦其亞，謂親手筆夫何疑。神物每遭造物忌，須煩典守勤護持。慎莫使同周獵鼓，牧童敲火來奸欺。庶幾永永傳芳躅，蘇楊泉壞生娱嬉。余作此詩後數日，大雨牆壞，碑果爲牧豎劃勞，字益殘，竟成讖語。

初秋苦熱

暑氣三庚盡，翻令熱倍深。山童雲不住，天老日難沉。消息占恆燠，清涼憶積陰。炎威如許甚，魑魅恠能禁。

至善堂觀龔晴皋先生樹石畫幀

妙手關荆擅，隆隆仰盛名。今番纔目擊，老氣果秋橫。瘦透詩如畫，蒼涼竹有聲。斷崖泉落處，奇險更天成。

阿雲曾有贈，令弟旭齋爲畫《依樹爲屋》長幅。海嶽認宗風。揮灑應如彼，精能竟不同。拈毫神鬼泣，潑墨古今空。眼福平生慰，因緣賴道窮。

秋夜書懷

城鼓中宵静，江天卵色開。人驚鄉夢醒，鴈挾早秋來。歲月悲虚擲，乾坤感覇才。夷吾何處覓，結想重餘哀。

中秋月蝕

一年惟此一宵中，聞説清輝到處同。争恠覆盆今不照，姮娥比我蔀先豐。

王子任先生中秋以七絶一首見慰，次日依韻奉酬

秋到人間竟不知，昏昏世宙歎覊遲。昨宵見説携笙客，又向緱山月下吹。

揚馬文章海内知，泰山北斗久欽遲。瞻韓忽遂平生願，翻幸船從鬼國吹。

萍水因緣數莫知，相逢白首未爲遲。讀來廿八珠璣字，儼聽蟾宫玉琯吹。

西抹東塗本自知，了無殘錦逮邱遲。痴心欲和霓裳曲，牧笛難教信口吹。

秋夜吟

空庭月落秋無影，滿地江湖凝露冷。孤衾展轉不成眠，擬把瑶琴調素軫。緑綺未可得，伯牙何處尋。舊曲雖存千古調，高山流水誰知音。挑燈起坐呵退筆，中夜茫茫百憂集。世間恩怨少分明，劍室微聞老蛟泣。

采苦吟

采苦吟成已半年，幾曾豁眼見青天。扶持蘭杜秋無力，顛倒陰陽鬼有權。市虎至今迷藻鑑，瓊茅何處問筵篿。江河似此滔滔下，一度憑欄一惘然。

酬鄒章泉茂才名洛，威遠人見懷五律四首元韻，即以代柬

雙魚風際落，謦欬儼重親。念爾青衫舊，憐余白髮新。語長情不淺，别久恨愈真。可惜跛牂憊，難教追後塵。

遠道綿綿思，經秋復幾春。望雲徒極目，對雨倍傷神。離索成孤注，飄零剩一身。何當逢巨眼，尚許作傳人。

回首談心處，升沉百感生。騎箕悲老友，乃翁丹崖先生與余至交。落月悵秋聲。幸有前模在，能開後代英。長城來五律，珠玉又明明。

露白霜將至，伊人水一方。新詩傳繾綣，寄跡得行藏。章泉時在自流井代司鹽筴事。鹽鐵才原富，龍鸞老不狂。巴山聊剪燭，答賦憶金堂。曩在金堂，時有唱和。

雨夜不寐，以李義山『君問歸期未有期』篇衍成四絶，擬寄同學諸子

君問歸期未有期，依然留滯蜀江湄。瞢騰最是牟尼佛，説盡同仇總不知。

連夕鄉園入夢思，巴山夜雨漲秋池。起來倚仗憑欄立，百種閒愁訴向誰。

蔽日浮雲譎莫窺，摧殘難倩好風吹。何當共剪西窻燭，蕙帶荷衣讀楚辭。

霜髩凋零縷縷絲，天涯吟望苦低垂。不堪梓里團欒後，却話巴山夜雨時。

步曾子衡聚五參軍公子見寄五律元韻

世澤南豐厚，繩繩代有人。芝蘭三楚馥，風月四時新。雅度瞻師範，清談悟道真。吹噓愁不起，朽質是勞薪。

自領名駒譽，班荊日在欽。餘光分夏課，激響震秋林。果具虬龍魄，那同蟋蟀吟。嶽雲留宅相，結撰見精心。

妙截金爲句，虛原竹是師。寥天雲去後，大漠鴈來時。跌宕空千古，波瀾入小詩。此中真意味，消息問誰知。

仰止喬兼梓，高懷不世情。纏綿堪鬼泣，俊逸更天驚。披牘神先王，賡歌恨轉生。幾時能晤語，耳目快雙清。

長句送張海樓茂才名爲涵，新都人之雷波幕府

新都公子文章伯，提筆常嫌天地窄。不甘低首困風塵，青鞋老作諸侯客。蓮幕年前始識君，

德星炤夜光榆枌。扳談使我開懷抱，高義欲薄秋空雲。方冀蒹葭長倚玉，清尊好映澄波緑。歧亭遽聽一聲驪，玉柱岧嶤摻袪速。落月從兹滿屋梁，榛苓延望惟西方。人間何處無離别，每到思君便斷腸。可幸騷壇債未清，萍踪又聚渝州城。憐余黑風苦漂泊，時勞青眼盼分明。綽有居停非俗吏，謂聚五參軍。綢繆代表通家誼。二難相得應倍懽，琴劍胡爲思遠逝。行程見説生羈愁，金玉遐心難久留。肅肅霜威悽宇水，征帆斜掛木蘭舟。蘭舟彈指天涯去，去時落葉沿江路。丈夫意氣重桑蓬，風濤那復蛟龍懼。知君此别不蹉跎，祖道聊爲宛轉歌。聚散摶沙雖靡定，蒼蒼雙鬢奈儂何。

悲懷

我生信不辰，磨蝎命宫守。少壯迫飢寒，風塵牛馬走。蕭疎短髩凋，纔得歸蓬牖。言歸日幾何，倏又值陽九。顛倒大化中，難作持竿叟。

訪道苦無聞，逃禪亦未暇。勞勞十載間，回首足悲吒。烽鼓罷心驚，梟鴟奇禍嫁。終日困樊籠，昏冥等長夜。籲天天不應，老涙緣纓下。

昨宵有鄉夢，模糊殊草草。一事話未畢，城雞促天曉。凉露已爲霜，桃蟲猶集蓼。安得千丈虹，爲梁駕縹緲。飛度蓬萊顛，逍遥相待老。

重九即事

去年故園作重九，粲粲黄花開笑口。今年重九客他鄉，凝眸不見黄花黄。振衣試上臨江閣，十丈潮頭猶未落。弔影驚看北至鴻，高飛望斷南歸鶴。滿城闤闠烟冥冥，塗洞松楸來古青。一水盈盈不得渡，氈裘老子呼無靈。塗洞禹后父，俗呼爲『老君』。回頭俯看滄波上，錦纜牙檣屹相嚮。紫折茱萸把者誰，白衣之酒空惆悵。吁嗟乎！酒既不可得，愁亦不必愁，人生在世本浮漚。試看史册輝煌處，黨錮何傷古清流。

得家書

一紙家書來，千金真不啻。幾回子細看，中有相思淚。擬把客懷報，憑誰遠寄將。可憐東去水，流不到家鄉。

立冬夜占

留滯周南久，經秋復立冬。孤衾凉薄甚，怕聽是霜鐘。

沙渚月溶溶，蘆漪風瑟瑟。偏知節序移，旅夜不眠客。

冬夜夢與友人分詠古樂府，得《塞下曲》五章，醒後尚記其三，因録存之

八月天山雪，營門風似刀。平沙塵起處，見説是臨洮。

黄河十丈冰，寒氣入刁斗。不敢問歸程，單于猶未走。

學得鹵兒歌，侏儺不成字。倚聲借笛吹，半落三軍淚。

讀宋史

從來誤國是和親，千載那堪步後塵。長脚奸人緣底事，甘心歲幣困蒸民。

王業偏安尚可支，廟堂前鑒少蓍龜。痴忠莫恠施全刃，直欲神姦斬太師。

旁觀有客泪闌干，三字風波欲救難。覓得西湖閒冷地，穩騎驢背且偷安。

門前三首

門前怕聽大江聲，淘洗英雄氣不平。駭浪未知何處盡，寒潮猶帶夕陽明。空將勁敵摩詩壘，誰與愁城下酒兵。搔首自憐還自笑，帆檣甚日是歸程。

門前無復倚闌干，百感縈心偪歲寒。折柬賓朋勞繾綣，占星兒女望團欒。愁來但覺乾坤窄，夢裡還教地步寬。面壁經年當有悟，艱貞且保谷神完。

門前何地問蓴鱸，孤館寒燈自起居。剩有哀吟同蟋蟀，久無芳訊寄蟾蜍。邯鄲擬作重遊夢，宰相難憑再上書。梁卵烯黄兒戲耳，縱饒吉卜究何如。

《杏花菴集》有醉鍾馗詩，因亦戲作

虬姿颯爽擅英靈，捷徑終南鬼不停。科目共推前進士，頭銜那比老明經。何緣卯酒深杯醉，竟作酡顔鎮日瞑。莫恠么麽横白晝，先生原是未曾醒。

謡詠

記唱春鶯出谷詩，幾番謡詠困蛾眉。剛消露白葭蒼恨，重值橙黄橘緑時。潦草羈懷山鬼泣，團欒歸夢夜燈知。評量計比封侯貴，合讓閭門欸段騎。

冬曉曲

天雞飛上榑桑杪，一聲啼破九州曉。滿地霜華照眼明，朝寒犯問誰家早。披衣起坐對疎櫺，瑟縮棲鴉睡未醒。朔風寇窻窻紙裂，掛壁殘燈猶熒熒。擬爲黄竹謡，生憎白雲冷。神山縹緲隔蓬壺，榑木燭龍難造請。元冥可喜尚垂憐，羲輪忽復開江烟。驕人魑魅紛遁走，煗我居然仍黄綿。刺促休嗟不稱意，拈毫未短虹霓氣。試看歸來大雪前，夢遊會撰鈞天記。

夢遊老君洞

勝遊日日盼塗洞，一夜神峯奔入夢。元鶴幾曾解倒騎，蒼虬宛爾能飛控。捫參歷井任逍遥，吸露餐霞資縱送。初度天門似有梯，（天門在海棠溪上。）旋摩石腹疑探甕。霏霏香霧着衣輕，梟梟雲蘿壓屋重。坐久微聞仙鼠啼，斯飢恰值伊蒲供。回看白浪來雙流，儼把青山裂一縫。浩蕩乾坤足徜徉，升沉今古生悲痛。茅茨未見夏王家，蓬顆誰爲巴曼訟。老子騎牛去不還，枯株待兎成何用。興來横笛學吟龍，醒後燈花摇火鳳。明發琳宫望隔江，褰裳安得真追從。

巴山歌

巴山高且峻，直上元雲端。不受塵坱積，終古青巑岏。我來時節春未暮，紅桃緑柳紛無數。忽已玉衡指孟冬，駒光瞥眼去如鶩。嗚呼浮世誰百年，搔頭對此心茫然。

巴水歌

巴水深以長，導從神禹始。澎湃滙渝州，古緑不見底。我來正值修禊天，隨波樽斝競喧闐。忽又打船驚敗葉，篙師縮手炊寒烟。拔劍斫地不得出，信是寃雲能蔽日。

漫興效曲江體

盧生一去二千年，黄粱冷落成秋烟，枕頭富貴夢誰圓。莫覓流金火鈴籙，誤人從古惟神仙。昨宵宵夢騎龍子，飛劍抉雲雲半紫，寒星驚落濺江水。醒來曉日升扶桑，寥寥九宇清於洗。

任教魑魅争流光，元精耿耿仍中藏，招魂奚事遣巫陽。且把雄虺作圖畫，留與他年陳九閶。

洪崖洞

洪崖有遺跡，近在千厮門。洞古莽高曠，飛梯疑可捫。誰歟能拍肩，惝怳難具論。但見崖前水，日夜寒潮奔。

浮圖關

設險本王政，關防嚴户牖。何緣巴郡城，乃藉浮屠守。春暮雨花飛，秋宵蒲牢吼。或者資聲聞，唤醒名利藪。

嘲鵂鶹

戾氣産梟鵰，陰毒性難遏。既與檮杌朋，復得黎邱托。含沙師短狐，影射隨時作。貫盈忽崇朝，依舊遭束縛。枝撑不可狀，呼暑徒貽謔。天道實好還，恢網問誰脱。不知清夜中，曾否悔元惡。

夢梅

年年竹外幾枝斜，點綴寒山處士家。不意故園千里隔，居然香夢又梅花。

十一月初十日事得白，買櫂東歸，舟中感賦

仲春賦首路，九月苦覊縻。是非雖自信，顛倒終懷疑。狺狺正羣犬，吠影無窮期。聽直少皋繇，鬱伊當告誰。鸞凰雜雞鶩，蘭蓀揉菉葹。豈意見睍恩，尚荷皇天慈。翩若出籠鶴，襹褷刷羽毛。飲啄得自如，俯仰天爲高。覊雛隨左右，亦復任翔翱。巾箱理素帙，鞞琫尋容刀。營營魂識路，計日還安巢。霰雪雖無垠，横奔敢辭勞。買得木蘭舟，中宵嚴打槳。豈不憚險艱，風濤猶魍魎。溟濛月影微，咿啞櫓聲響。平生山水志，未暇涉遐想。鷲霧逐流波，拊膺憑惝怳。踰時始弭節，日已東崖上。江介風多寒，淒其隨委曲。壺公枉共推，縮地苦無術。紆軫昔西行，羣芳纔嫩緑。今兹釋蹇産，槁節紛盈目。浮生能幾何，堪此鑠金促。安得據青冥，晴虹攄儵忽。

晚泊涪陵

日昨辭巴郡，輕舠泛杳冥。烟光浮水白，石氣入山青。久客歸何暮，孤帆不可停。涪陵看在即，權此泊沙汀。

夜望北巖，追憶亡友石麐士

北巖高岌嶪，曾此謫伊川。往歲尋遺範，良朋正講筵。談心人已杳，對面月猶圓。顔色屋梁認，江風爲颯然。

十五日泝舟延江，夜宿陳家嘴

延江曩溯洄，屢宿陳家觜。黄柳媚春風，疎星澹秋水。寒暑各殊狀，陰晴無定軌。邇來值冬仲，烟靄清於洗。遠山螺髻環，秀削紛可指。夜深銀漢轉，影落蓬窻底。年華雖徂謝，兎魄猶滿美。不作澤畔吟，生恐驚漁子。

上邊灘

艱險萃重灘，去來恆膽落。意茲水力微，差或減焦灼。誰知清淺中，巉巖皆露脚。狹港僅容舠，洪濤彌噴薄。短縴呼鄰船，衆肩齊引索。安危判分寸，怵目仍如昨。誰師神禹神，阻塞大開鑿。安瀾終古慶，長使吟眸豁。

砥羊角磧

危途既已夷，晨發不待曉。月色含餘清，江光澹如掃。重值天氣和，打船逆風少。一日上數灘，旁觀驚捷趫。雖遭鬼伯怒，尚免冰夷惱。魚尾詠簁簁，竹竿歌嫋嫋。笑把白頭吟，勸入蒙難草。此草奚足道，聊同敝帚寶。

烈女巖并序

咸豐十一年，髮匪由黔入川，盤踞羊角磧者月餘，燒燬民廛數百家，男婦遭擄掠者無算。有梅氏女尚待字閨中，亦被俘。賊艷其色，挾以渡江，女奮身投水死。賊怒甚，同船某氏等七人遂皆遇害。亂定後，刺史姚公蘭坡得女殉難狀，憫其烈，作記勒諸石，並顔其石爲『烈女巖』云。

春過烈女巖，姓氏未邉審。經歳魂夢中，寸私常耿耿。臈前重此泊歸舟，幸有餘閒半日留。石刻鴻文急披讀，江爲嗚咽雲爲愁。娟娟者豸梅家女，生小蕙蘭艷閭里。笄年正待賦于歸，命薄桃花驚禍水。辛酉之秋猰貐來，阿房一炬多成灰。深閨莫覓藏舟壑，焦土誰爲避債臺。男婦纍纍隊復隊，貞娥時亦在俘内。勢非彩鳳烏鴉隨，定即才人厮養配。豕縛羊驅渡大江，饞涎幾輩垂村厖。庸知女志堅于石，豈獨娉婷世寡雙。芳心展轉自裁度，那忍草間求苟活。拚將玉質葬江魚，船到中流忽奮躍。一躍珠沉失所之，秋風烈烈生淒其。賊因遷怒逮同伴，敘荆頃刻無完屍。亂定幸逢賢刺史，蒐求偉節扶綱紀。摩崖大字揭河湄，千古清操長不死。老我吟成重感傷，年來浩劫殊非常。殺身不少烈巾幗，一一誰爲高表揚。

磨砦

泝舟積險艱，磨砦亦云最。日午偶停橈，賞心足嘉會。石笋峭龍角，槎枒出山背。嵐烟時有無，葱蒨兩崖對。一徑入冥漠，雲中聞犬吠。巢居者誰子，麋鹿甘爲類。可惜腰脚衰，望洋空感慨。短章紀幽勝，嵌竇響潛瀨。

鹹山峽

船窻忽影黑，知已來鹹山。仰首一舒眺，巉巖如我頑。鳶烏過不留，樵牧誰躋攀。其下煎鹽處，空存屋數間。黔突久灰冷，壁倒門無關。覩此零落態，令人增悽顏。夷吾世安尋，禺筴何時還。惟餘峽内水，終古自潺湲。

廿四日抵龔灘

歸程鎮日少餘懽，爲恐風波尚未闌。可幸黄麾能默相，居然一舸上龔湍。
回首灘前買棹時，桃花未落柳初絲。故鄉此日探春信，恰有寒梅雪滿枝。

次黄蠟池，小門生胡氏昆季留宿，燈下率成

千里歸來短晷馳，通家誼重小僮知。殺雞爲黍殷勤甚，勝似茅容欵客時。

曉過小蓋山

計里行逾近，層巒犯曉過。雪風狂似虎，蓬户閉如螺。觸目蒼凉甚，回頭感慨多。山樞舊蟋蟀，歲暮今云何。

二十七日抵家作

朔風曉怒號，門外雪飛急。忍凍下籃輿，足拳不得直。家人恠我在，老稚皆疑猜。未暇從頭説，且呼爐火來。火色漸熊熊，燂湯畢潄盥。斯須斗室内，盎然春氣滿。日昔遭黑風，吹墮羅刹國。朋舊送城隅，山川慘無色。談笑還井里，安知有今時。越鳥雙翼垂，忽復巢南枝。來去雨茫茫〔一〕，均難恆理揣。元穹寂不言，或者有真宰。見説征夫至，懽聲動四鄰。脱屨滿前階，競將含意伸。云值正風波，訛言日數四。援手苦無從，及今有餘悸。再拜謝高誼，屬垣耳尚多。緘口凜金人，莫漫攖網羅。

【校記】

〔一〕『雨』，疑當作『兩』。

牖中閒遣

世途有險易，天道無偏私。試看蠅集樊，宜難污巇辭。一朝判黑白，昭質究誰虧。星冠高切雲，玉珮仍陸離。既免女嬃詈，且獲騶虯螭。芳澤偶雜揉，安命復奚疑。

烈火能流金，苦無焚影術。沉陰或凝海，結風亦未足。嗤彼迹射兒，彎弓巧狙伏。偶然值物命，遽信機械熟。安知殺與生，了不關惡欲。誰與借金鎞，刮盡矇矇目。

雪霽寒無威，冰條墮砌響。幽人夜未眠，圓月窗間上。耿耿澹疎燈，清光同滉瀁。半年羈旅懷，一夕塵襟爽。蓮薏出污泥，菌芝生糞壤。鬍蘇不我欺，望古神重往。

盆梅

盆中有紅梅，艷質含蒼老。爲慰歲寒心，今冬開獨早。

色相偶然着，不争桃李春。蕭疎霜雪裡，風格倍宜人。

編詩

底事桑榆日暮時，風塵九月苦留羈。今朝省識無他意，爲欠巴江數首詩。
業障前生信有無，苦吟捻落白髭鬚。明知蔗尾無餘味，權作他年記事珠。
鎮日編摩眼欲昏，名家那敢望專門。卷成不惜重披讀，生恐行間有淚痕。

除夕

祭罷新詩手自呵，白頭短髮重摩抄。傷心七十三除夕，争似今年感慨多。
且把牢愁子細删，曾聞否泰有循環。鳩媒已悔蛾眉妬，小草無因再出山。

候蟲吟草卷十五

丁卯 却軌草

元旦占

昨宵剪紙賦招魂，天外歸來跡莫捫。起後椒花新得句，一年春意又蓬門。

懶趣

於世百無能，負慙簪與組。翻然賦遂初，一懶將終古。風花過眼前，熟視如無覩。惟此簡編緣，摩挲日四五。古人不見余，余且古人伍。興盡枕書眠，蘧蘧忘老苦。華胥春夢回，懶趣向誰吐。

新正冉棁菴茂才過存，爲言天龍山名勝，令人飄飄生凌雲想，惜時腰脚久衰，恐遊山之約難踐，爲賦長句紀之

環西之山七百里，嵯峨岪崱多奇詭。英雄見慣亦常人，老去閒遊心半死。惟有天龍尚繫懷，夙聞巉絶無其比。偶從高處縱吟眸，遥遥峻嶺撑霄起。天龍之峻，西山高處皆見。鱗爪雖時窺一斑，蜿蜒恍惚雲烟裡。祇緣神異限荒徼，不獲岷峨争峰巃。邇來傑出有詩僧，謂履雲上人。龍藏數邀名士屣。遂教頭角顯峥嶸，千載塵昏除樸鄙。洋洋灑灑著古風，扛龍共詡臥雲子。田旦初集中五古一篇凡數百言。我嘗一讀一低徊，恨未攀龍偕彼美。獻歲過存嘉客至，爲述驪珠曾探此。前後叩關本兩途，前途險窄難容趾。後峯微徑差坡陀，玃攫猨援隨跛倚。古木千章簇紺殿，炎威六月沉寒水。憑欄縹緲疑神仙，灝氣蕩胸忘塊壘。烏兎近從龍頂摩，楚黔遠可龍紋指。到來眼界頓空空，歸去夢魂猶爾爾。鴻跡先生半宇宙，登龍胡獨遺桑梓。渡蘆老衲固西歸，衣缽依然留隻履。倘肯惠然策筍輿，前驅願與導鷹觜。天龍山俗名鷹觜巖。我領此言頗激昂，回思夙願生歡喜。無如腰脚早衰甚，暴鰓怕作龍門鯉。悵望神山不可到，幸君曲折詳原委。爲賦長歌當臥遊，敢告天龍自今始。

生日避客，先期之梅樹别墅

爲嫌弧矢擾芳鄰，蓬户難安自在身。收拾一枝筇竹杖，朝來又作浪遊人。

分水嶺道中見桃花

短短疎籬畫不差，夭桃遥逗一枝斜。可憐清絶瑶池種，淪落尋常百姓家。

到莊

柴門臨水映花光，梅樹村前杏有莊。纔共昏鴉棲息定，誰家漁笛又滄浪。

夜讀

百歲韶華晝子虚，占來甲算七旬餘。明知嚼蠟無兼味，夜雨寒燈尚讀書。

新晴

連日新晴散薄寒，屏除煩惱得心安。花明綺陌三千樹，人在東風十二欄。幸免烟蘿嘲態俗，嬾從裙屐博遊歡。是周是蝶誰非夢，且自題詩繼《伐檀》。

歸途感事

得得籃輿返，危途憶昨經。風波當此日，鬼蜮正流形。屈子天難問，終南醉不醒。安知桑梓路，瀟灑尚雲軿。

讀《童山集·狗皮道士歌》仿作

一狗狺狺羣狗效，何緣突出狗皮道。皮是狗皮心人心，未許殿廷鼠子鬧。執之既不得，誅之良復難。狗皮搢笏參朝班，賊怒罷朝皆厚顔。噫吁嚱！黄虎威稜天莫制，狗皮玩弄如兒戲。當年有此數狗皮，整頓人綱應非細。可惜馬頭還激矢，不曾射殺狗天子。

夏初以威遠鄒小湄茂才見寄畫竹，於州中覓工裝潢，被人竊去，爲感喟者久之

平生雅愛篔簹谷，一畝園栽半畝竹。時時助我發清吟，信是此君能絶俗。今春有客寄雙魚，墨竹隨來錦字書。開函便覺冷香馥，展玩頻教塵慮除。鄒子筆妙震山左，小眉幕遊山東，畫名噪甚。

爲信阿戎初識我。因令姪章泉乃知余。蒼筤寫出見虚心，勁節尤多鐵鈎鎖。想當成竹具胸中，揮毫直偪老文同。雨葉風枝各異態，兎起鶻落天無功。何年參此竹三昧，邊雀趙花難把臂。況復新詩與竹偕，珠璣照眼同蒼翠。玉軸錦䙡思裱裝，裝成準擬張高堂。霜筠幸落江湖手，寒飈暑月生秋涼。伊誰饞眼乘昏黑，寶玉不偷偷寶墨。人亡人得雖達觀，未免拊膺長太息。豈緣奇技慣通神，羽化曾逃篋内珍。箇中想有龍孫種，欲問虎頭畫竹人。

書王子任先生《毛詩讀》後

葩經三百篇，聖以一言蔽。倘使登淫辭，無邪安所據。漢儒有毛公，家法開先諦。箋註嗣紛羅，祧遷誰敢議。宋賢薄訓詁，門户標新幟。蔓草與邱麻，概作桑間視。談理雖云精，鑿空亦可異。蠕蠕應聲蟲，英豪徒侘傺。卓哉王仲淹，老眼無纖翳。星宿探河源，要津初祖逮。風雅及三頌，正變求關繫。悟出臣道防，貫通明大例。惠我寄長編，百朋真不啻。一誦一舒頤，匡衡當擁篲。能窺鄭未窺，餘子奚足計。無恠何平叔，披吟結深契。謂今著作林，罕見此孤詣。何太史子貞謂公詩爲二千年來所未有。獨恨晤公遲，桑榆纔把臂。請益幸連番，摳衣難再繼。彼美望西方，餘霞裊天際。

四月十八日聞右之卒於成都旅寓，愴然有懷

騷壇隻手闢蒿萊，人爲邊庭眼界開。底事少微星遽落，名山誰繼此奇才。
回首交遊總角初，雄文艷説馬相如。珊瑚網竟遺滄海，空學龍門老著書。
頻年硯食寄蓉城，博物名蜚四國聲。偏似杜鵑歸未得，白頭淚落可憐生。
風雨瀟瀟别夢牽，那堪别夢更重泉。案頭檢點春來信，謦欬平生尚宛然。
等身著述足千秋，屈宋衙官近罕儔。不審虞初九百本，叢殘收拾有人不。
年來朋舊散晨星，剩有靈光尚典型。一殿崔巍今又壞，模糊老眼爲誰青。

補題亦樂園，藉志離合情緒

芳圃家有亦樂園，水木明瑟，以余數與遊宴，屬題辭紀之，諾而未暇也。今夏偶讀杜詩，有觸於懷，即用集中《陪鄭廣文遊何將軍山林》韻，作五律十章，寄哲嗣抄存。

憶昔名園會，銀潢正鵲橋。杯光浮翠篠，雲氣澹烟霄。灑落騷人集，殷勤酒客招。朅來無俗態，逸興共迢遥。

水閣三間敞，紅塵十丈清。巡檐餘乳燕，砭耳尚流鶯。北海尊如玉，東坡饌有羹。主賓真意洽，覓句任遊行。

酒户愁儂小，微醺便不支。解酲尋竹徑，照影俯荷池。舊雨青蘿識，新晴白袷知。商飈輕拂處，快意一襟披。

儘有陶潛菊，初凉未作花。松稀時見鶴，藤老影蟠蛇。捲幔山容瘦，憑欄客思賒。曲聲聞折柳，吹笛又誰家。

自領清幽趣，隨時眼可開。韻敲風際籜，香馥雪中梅。霽月同蕭散，閒雲伴去來。故鄉多勝景，遜此好岑苔。

微榮徼一命，催我出山泉。鄉夢隨行屐，征塵望左綿。潤分蝸角俸，銖積水衡錢。每念從遊樂，離懷滿繡川。

亦有園亭近，金城内多名園。玲瓏花木香。清陰當夏暑，爽氣足秋涼。旅燕愁堪破，痴鳩拙可藏。翻緣吟眺劇，倍覺故山蒼。

歸裝親拂拭，舊約懼差池。壓担添書帙，搔頭剩接䍦。道無争席事，家有應門兒。得共巢由隱，名當署下隨。

别去無多歲，居然樹拂雲。苔痕迷舊跡，香篆幻奇文。肺腑情愈厚，雲泥老不分。白衣與蒼狗，變態任紛紛。

雪影凋雙鬢，歸如日暮何。古愁園内少，新雨席前多。企慕丁年樂，低徊子夜歌。桑榆猶好在，撰杖數來過。

六月杪移住山莊，仍用杜韻紀事

備閲塵勞累，歸從駟馬橋。荒園開别墅，老樹拂層霄。温飽情原澹，幽深隱可招。年來時住此，夢覺兩逍遥。

老去艱酬應，閒居愛潔清。辭巢先社燕，集木繼春鶯。鮮乏銀絲膾，香饒玉糝羹。底須謀肉食，辛苦熱中行。
腰脚衰雖甚，扶鳩尚自支。幾條行藥路，半畝種荷池。袂冷秋先覺，林寒暑不知。晚來無俗累，蠹簡重分披。
小字蠅頭認，雙眸漸有花。幻憑尻作馬，畫戒足添蛇。習静詩思活，觀空野趣賒。祇憐新得句，俊逸未名家。
爲挹溪山勝，柴門日日開。新凉思白紵，舊雨過黄梅。鴈帶邊聲落，烟含暮色來。苦吟摹不盡，離立久蒼苔。
恩讐心已斷，劍室冷龍泉。却熱煩蕉葛，消寒倩木綿。篋無賒酒券，囊有典琴錢。竹石清幽趣，高懷憶輞川。
插架牙籤富，風來翰墨香。安身惟澹泊，閲世任炎凉。漫詡知幾豫，甯論韞櫝藏。齒牙半零落，一笑思張蒼。
放鴨欄邊水，高陽小酒池。醉歸山客路，倒着習家羅。雨聽鳩呼婦，晴看鹿引兒。頭銜時自揣，端合號天隨。

恰有情難遣，蒼涼日暮雲。縱教粗適意，誰與細論文。泉路交期盡，人天景物分。那堪風起處，落葉又紛紛。

修短原隨化，悲愉奈若何。蠅鳴知己少，玉碎古人多。斫地空慷慨，彈筝且嘯歌。謫仙如可作，攬轡或來過。

七夕戲作五六七言體

共道天孫巧，殷勤日七襄。天錢緣底事，終古未能償。

不識銀潢深淺，憑欄老眼生疑。放着天船不渡，年年駕鵲奚爲。

乞巧曾傳柳柳州，稱臣稽首曝衣樓。雄才千載昌黎竝，果否金針受女牛。

臨睡又占一絶

簷前瓜果澹流螢，風露高寒傴畫屏。老去槃阿甘獨宿，嬾隨兒女待雙星。

得次子省信，米紱卿比部已於去冬下世，古之遺直也，長句弔之

清秋倏欻生淒風，一函吹墮天際鴻。讀未終篇心酸惻，典型又失米南宮。高標海岳近誰比，出水芙蓉塵弗滓。有官不仕早歸田，德星重聚高陽里。高陽酒徒自結契，人寰別自留天地。武城共詫老澹臺，偃室雖公亦不至。阿儂長鋏來金淵，幸有三生香火緣。苜蓿欄干十二載，與君無日無周旋。對門重值陳藩宅，謂松山陳參軍。倡和詩圖忘主客。隻雞近局月二三，興酣那管頭顱白。蚤晚笑言常晏晏，摶沙畢竟多聚散。幾回攜手上河梁，余兩次言旋，君與松山昆季及余望之叔侄送至姚家渡。綠波浩淼流年換。每從西土望榛苓，聞說步兵眼尚青。恰惜童烏傷短折，哲嗣蘭軒茂才少年蚤逝。桑榆無與定元經。底事龍蛇猶隔歲，膏肓咫尺藏魑魅。針砭難起鄭康成，徒使山陽增歎逝。回首暌離纔幾何，凋零朋舊疾飛梭。不知當日南皮客，幾輩同愴薤露歌。

中秋憶舊有感

去年兎魄蝕中秋，我與姮娥共隱憂。不識團欒今夜月，幾人歡喜幾人愁。

得失由來似轉丸，休將哀樂怨無端。試看蝕過蟾蜍影，美滿依然白玉盤。

漫興

嵐烟蕭散雨初乾，傍晚疎林釀薄寒。繞砌蟲聲秋唧唧，隔籬花影珮珊珊。多情景物銷愁易，無用文章割愛難。漫興詩成仍漫寫，頹唐衹合自家看。

秋風辭用工部韻

秋風瑟瑟生秋山，落日柴門冷欲關。征夫一去少消息，旅鴈天涯何時還。黑水有碑空仿像，雄文誰與傳羌蠻。振纓縱目發長喟，塞上風雲荒忽間。

秋風颯颯淒征衣，旄葛遥聞歌式微。滿地江湖將雨雪，荒村豺虎人烟稀。屯田幾輩奏整旅，壯士同看玉門歸。誉平定遠今安在，議和議戰誰是非。

秋雨歎

旱夏望甘霖，常憂來不速。及兹秋雨繁，翻又苦㥷蹙。噓霧蓊前山，崩雲流牝谷。淋漓少停聲，晦昧時接目。空牀蟋蟀噪，老樹鵂鶹哭。行客悵泥濘，居民愁堙鬱。雖當禾黍登，未礙柏松秃。究恐傾銀潢，因之裂地軸。四裔況瘡痍，九州猶黲黷。那堪滑澾意，重困貔貅宿。豈若陰與陽，調劑平往復。洗兵既未由，破塊亦已足。搔首問蒼蒼，新晴何日卜。

輓姊丈熊玉山明經

日與青山共醉醒，誰如八十老明經。酸鹹閱盡纔耽酒，長短觀空早勒銘。得號秫仙生有味，能爲陶土死猶馨。恰憐剪韭登堂客，麴部從今失典型。

枕借邯鄲夢未通，烟雲撒手已成空。亂離卒歲悲王粲，瀟灑何人繼孔融。驥子音沉千里月，竹林露冷五更風。内家骨肉馮驩在，蒿里吟同淚不同。

日昨山陽對落曛，一篇歎逝又成文。浮漚未散空存我，執紼能來竟失君。身後蒼凉華表鶴，眼前悽惻壟頭雲。痛餘朱履何門趿，嬾向糟邱重策勳。

揮涕風前爲底悲，茫茫泉路盡交期。隻雞漫踐喬公約，靈匂微吟楚客詞。無可奈何人去後，最難遣此日斜時。荔丹薦處仍浮白，地下劉伶知不知。

校蔡吉堂大令《退思軒詩集》題後

天葩生小吐奇芬，雲路聯翩蚤出羣。偶把牛刀占小試，江南江北盡知君。
政通到處得民和，退食依然有詠歌。細檢琅函徵治績，甘棠遺愛此中多。
可惜槐安夢未終，慈航鼓已打回風。烟花三月揚州路，空向南山賦草蟲。
曾蒐二酉集叢殘，卓犖清才已大觀。今日重教全豹睹，更從骨瘦證神寒。
落葉紛紛掃欲清，舊遊回首倍傷情。翻然自主蓉城去，何處重尋石曼卿。
幸是琴堂古錦囊，未隨刼火幻滄桑。叮嚀寄語神仙裔，好共麻珠什襲藏。

初冬夜坐

闃寂夜三更，無聊百感生。短檠燈外影，寒柝雨中聲。蝨簡緇將破，羊裘補未成。天涯一回首，夢幻信堪驚。

弔裴麟之茂才

熱淚年來滴欲乾，那堪玉樹重凋殘。嘘枯竟失三年艾，起瘓難尋九轉丹。生病癱已數載。堂上白頭悲老鶴，鏡中紅粉慘離鸞。蒼蒼不解緣何意，偏是英才後死難。

凶信傳來已逼真，居然羽化又斯人。抛書枉結無窮願，證果翻成有漏因。此日重泉埋鷟鸑，何年高塚護麒麟。傷心銅鼓歸魂處，一束生芻痛未伸。

朔風吹雪冷汀洲，門掩空山益暮愁。短褐論交前輩盡，長鑱託命幾時休。唱酬更失裴中立，欵段誰同馬少游。判蘐金淵仍昨夢，忍教泉路遂悠悠。

幾度荒郊杖短笻，停雲時復望遥峰。明知死别成新鬼，尚想生還晤舊容。老我未忘長照月，信君原是後凋松。如何泡影終虚幻，欲遣巫陽竟莫從。

歲闌即事二首步東坡元韻

饋歲

秋前來別墅，下里屬州佐。近市集羣商，通工饒百貨。年時多贈投，禮物隨小大。念我老頹唐，故山得歸臥。競將筐筥餽，免與賓筵坐。芳馨發舊醅，瑣屑出新磨。厚意良足嘉，古風未能過。紀以五字詩，逸韻髯蘇和。

別歲

我衰素嬾拙，歲去憑速遲。往者不可復，來者猶可追。春信到梅花，香生水一涯。招邀諸洽比，酬酢且從時。白酒熟糟牀，黃雞没骨肥。恰宜終夕酌，寬此徂年悲。百事有明日，深杯勿復辭。陽烏尚餘光，可愛同趙衰。

戊辰

元日偶成

頹齡不守歲，亦不迎新年。布被足餘温，日高猶晏眠。起來畢漱盥，耳目增芳鮮。小酌屠蘇後，春風覺盎然。

新正回故居省墓道中作

故里有先塋，新年須拜掃。趨裝嚴隔夜，命駕促侵曉。戒道霜稜稜，打頭風悄悄。巖高日上遲，村近炊烟早。大化自循環，浮生多潦草。試看三歲中，皓首人愈老。

峻嶺莽回合，遥遥楓樹林。黄葉杳何處，白雲相與深。歲華爲誰復，消息見天心。梅蕊含春意，楊枝蘇遠岑。往還纔幾何，彈指成舊今。無恙墓門松，干霄已十尋。

嵐烟時有無，草樹遞明滅。山遠行不近，路長紆以折。纍纍何代墳，道左多殘碣。絶少標題在，空餘狐兎穴。感此悵興衰，愴然生内熱。箕裘苟失墜，禋祀更誰説。

白日入虞淵，重明猶有時。人生若薤露，一隕無還期。念我悲風木，駒隙去如馳。菽水未能盡，鼎烹亦奚爲。矧當歸里後，邱壟復暌離。竟歲兩來歸，奔走敢言疲。

日夕散步

柴門日落晚風和，短堠長亭信步過。嶺上梅花溪上柳，不知何處得春多。

贈内

爲謀偕老賦歸歟，老至而今又索居。秋去春來如燕子，猶恐他年燕不如。

蓉孫三歲，《大學》《孝經》《史提要》皆成誦〔一〕，喜而有作

傳家世業在縹緗，插架牙籤夢不忘。幸有童孫饒夙慧，箕裘應可振書香。

【校記】

〔一〕『史提要』之『史』前或後疑有脱字。按：清代通行的歷史類蒙學讀本中，以『提要』命名的有宋人錢端禮所編《諸史提要》，宋元之際黄繼善所編《史學提要》、元代夏希堯所編《全史提要編》等。

燈節後一日訪芳圃，留飲亦樂園，用杜詩《重過何氏五首》韻

小别將經歲，惟憑一紙書。吟來青雀舫，夢繞白雲廬。院静宜招弈，池深足釣魚。幸當歸掃便，重訪故人居。

促膝談心久，花甎日影移。叩門猶賀客，侍立有佳兒。簾啟山窺座，冰融水滿陂。依依好楊柳，媚眼又疎籬。

回首論交日，年均總角時。半生車笠契，卅載草蟲詩。舊夢同心曲，新霜各鬢絲。可欣垂白候，尊酒尚堪期。

畫閣尋詩地，重來引興長。焚香徵甲剪，瀹茗試旗槍。徐氏珊瑚架，盧家玳瑁梁。何如茲澹逸，古趣足羲皇。

擬作《蘭亭序》，山陰藉紀年。昨宵燈似月，今日酒如泉。老我沾粗俸，鄰君置薄田。康強能共永，一過一陶然。

二月杪歸莊途中即目

往還匝月重連旬，一路風光入望新。柳色青於名士眼，桃花紅似去年人。酒杯寂寞添詩債，山骨巑岏悟畫皴。適興可知隨處足，奚煩僕僕走風塵。

春晚閒吟

昏來老眼易迷離，鼎鼎年華去不知。旖旎剛逢挑菜節，飄零已值落花時。了無燕語傳芳信，偏有鶯啼擾夢思。一樣人間遲暮景，那堪吟望總低垂。

讀張編修惠言《易義别録·蜀才易注》感賦〔一〕

造物無私覆，栽培視所争。士能志不朽，姓字終峥嶸。君不見涪陵僻邑丹興最，漢末乃有范長生。長生師承屬誰氏，未聞青史傳其名。冥心孤詣出神悟，貫穴易藴窮元精。觀象玩辭注十帙，蜀才標目鏗韶韺。直與仲翔相伯仲，宋衷干寶疇抗衡。可恠唐初撰易疏，獨宗輔嗣遺焦京。九家舊説盡淪没，芟夷兼及鄭康成。奥義范書少省記，疑竇遂教多勾萌。《七志》但云王弼後，夏侯竟合譙周并。幸有釋文同集解，旁蒐博采無偏盲。盍揩累角雖異字，莧睦孯幾非殊情。

碎錦零珠見百一，九重延九詳變更。因此茫茫千載後，隱居猶得求青城。尊經昭代邁前古，羽陵蝨簡咸蓬瀛。編摩更喜張中翰，收拾叢殘資兼營。三十餘家列漢易，蜀才愈益蜚英聲。我思往訓固龐雜，甚賴後賢爲廓清。畢竟專門有授受，詎如鑿空譚悔貞。墨守恐難據掃象，鈎沉佚注胡可輕。惜哉范義不多在，令人展卷心怦怦。我爲作歌告新進，勿以偏隅忘拄撐。但使遺徽知遠紹，吉光片羽仍瑶瓊。

【校記】

〔一〕『易注』，原作『遺注』，據句意改。

蒐輯右之《訪酉山房詩存》題後

酉山自昔傳人少，博採輶軒常草草。鬱積經今二百年，英華纔得蜚文藻。就中傑出阿誰擅，月旦羣推冉子矯。霄褐凌飈纖翳絶，金篦先刮雙眸瞭。性靈不肯自矜夸，典册潛心勤探討。四庫五車盡蒐羅，雞碑雀籙窮要眇。精誠交通百怪入，筆力横放千軍掃。出手黌門便得盧，昂頭指日辭蓬葆。誰知造物太狡獪，顛倒英雄殊繆巧。痛哭不酬賈傅策，窮愁竟把虞卿老。蠶叢三載嘆羈孤，箕尾一朝騎縹緲。富貴神仙兩事無，聲名空詑九州小。可憐著述堆珠玉，裔皇猶未壽梨棗〔一〕。香山篇什疇爲收，温季歌行孰與保。生恐人琹此俱亡，登堂鐘鼓求親考。繞座方嗟丹旐飄，封禪已失文園稿。有才如是且沉淪，搔首焉能忘懊惱。回憶平生把袂時，瑶華每幸聞薰早。歸來急向零縑索，照眼猶存碎墨好。班香宋艷半烺烺，蘇海韓潮仍了了。灝氣雖非全豹窺，精光尚共秋天皎。集成珍重藏名山，投溷應難昌谷擾。長歌楚些當招魂，何年化鶴歸華表。

【校記】

〔一〕『梨棗』，原作『黎棗』，據句意改。

子規

杜鵑聲裡彩霞飛，勾惹詩情上翠微。可笑荒村無客到，朝朝辛苦勸誰歸。

擬招隱二首

清濁判元黄，浮雲變古今。猗蘭委空谷，孔父彈鳴琴。溺情戀軒冕，何若安泉林。時從麋鹿游，不共魚鱉沉。元酒味雖淡，疏絃多雅音。視彼熱中客，懷沙澤畔吟。菀枯誰得失，灑落足胸襟。願我知幾士，毋徒慕華簪。

祅氛方縱肆，滿目生荆榛。土木盡虚偶，壘荼亦不神。兩儀被晦塞，五性迷天真。灼灼桃花源，茫茫何處津。殷殷持世志，鬱鬱安從伸。好爵漫羈縻，素衣徒緇塵。跂踶豈云義，煦嫗甯謂仁。及早貞介石，踟躕將失辰。

疊前韻

盛夏憶驕陽，炎威無舊今。解愠布殊惠，薰風調舜琴。顧當初出時，祲霧恆山林。瑞有黄人捧，幾仍觀變沉。賢豪非挺鹿，涉險須擇音。斂爾驥騏跡，遲爾蟋蟀吟。箕潁尋巢許，清泉滌煩襟。槃澗可嘯歌，勿疑朋盍簪。

西方富苓隰，抑復饒山榛。羊豕所蹂躪，根株仍精神。於茲學守素，暢好全吾真。奚俟利名場，勞勞求要津。甯作蟠虬蟄，毋貪尺蠖伸。人生閻浮内，飄瞥本輕塵。不見馬伏波，憂讒薏苡仁。忍寒度霜雪，復旦希良辰。

次子園中南瓜雙蒂，佳兆也，紀以小詩

嘉樹曾連理，奇祥今及瓜。同根原本分，並蒂忽清華。瑞比雙岐麥，珍踰百合花。孿生誰此似，八士問周家。

哭芳圃上舍

總角垂髫上學時，少年心性兩相知。傾來肺腑天應鑒，話到韋弦石不移。密契一生形共影，神交卌載弟兼師。那堪遽作摶沙散，腸斷山陽玉笛吹。

前聞二豎漸膏肓，冒暑歸來省視忙。談笑風生初未艾，清癯鶴似想無傷。驚飆詎料危機早，苦雨横添别恨長。臺榭依然人不見，松蒼竹翠總淒凉。

茫茫修短杳難憑，雞黍靈前感不勝。未得分金酬鮑叔，空勞掛劍學延陵。克家有子君堪笑，顧影無儔我獨憎。志墓擬將遺囑踐，幾回下筆淚先凝。

棠陰誰返魯陽戈，老眼年年閲逝波。南極占星知己少，北邙輪指故交多。幸留爾我雙蓬鬢，得共桑榆一嘯歌。底事帝鄉歸又促，臨風揮涕痛如何。

秋興八首步少陵韻

颯颯商飈動遠林，吴山楚水盡蕭森。飛殘暑雨天無夢，幻出秋雲地有陰。遲暮漸增騷客感，羈愁潛入旅人心。荻花楓葉均堪悼，況復遥村響急碪。

　極目寥空鴈陣斜，催人從古是年華。青甆易醒邯鄲夢，滄海難回博望槎。五夜邊聲淒畫角，滿城曙色咽霜笳。閒來試拂龍泉看，零落夫襓鐵已花。

　蕭寺寒鐘盪夕暉，征袍何處寄金微。皂雕出塞盤雲起，紫燕辭巢傍日飛。老懶漫嫌人不諒，迂疎原與世相違。傷秋願醉烏程酒，没骨黄雞恰恰肥。

　莽蕩乾坤一局棋，記來勝敗盡堪悲。苞符河洛纔終古，絲竹林泉得幾時。補劓息黥勞壁畫，回黄轉緑總紆遲。生逢熙暭承平日，千載人才此夢思。

　曾從溟渤望三山，方丈蓬萊杳靄間。擬逐魚龍歌鼓枻，微聞虎豹正當關。仙曹空自懷鴛侶。香案何因識玉顔，老態不禁秋色至，前身誰信上清班。

　燕南趙北衛津頭，閱歷升沉幾度秋。裘馬五陵成昔夢，蓬蒿三徑濬新愁。久拚偃蹇階前鶴，尚愛蕭閒水上鷗。回首天涯餘感慨，古來龍戰劇中州。

　消息誰探白帝功，河山共此畫圖中。露盤幾下銅仙淚，月杵多殘玉女風。故國游燐烟已碧，前朝戰骨血猶紅。可憐冠劍雲臺客，不及桐廬老釣翁。

歸來輞口足逶迤，聽罷蛙聲水滿陂。明月照殘幽鳥夢，秋風吹老瘦桐枝。酒銚茗椀隨時具，藥鼎香爐稱意移。病骨微防霜氣肅，湘簾長日任垂垂。

憶舊雜詩

秋夜不寐，展轉床帷，渺渺予懷，百端交集，晨興命筆，欣戚無倫，因曰雜詩。

曼曼夜方長，凄風凌九垓。荒雞猶未唱，醒眼已先開。平昔所遊歷，横奔心上來。揮之不可去，起坐自徘徊。朝市有飢蚊，繞帷聲若雷。並時作擾攘，絓結增煩猥。

弱齡弄柔翰，僉詡顔色好，皇穹不我憐，怙失椿庭早。二十隨仲兄，芳芹搴黌沼。謀生苦素拙，煮字難爲飽。學賣長門賦，世間陳后少。枯株守硯田，窮達安能曉。

硯食夫如何，酸辛集蓼蟲。十年困梓里，八載漂鼉叢。幸有素心人，結交多古風。青眸篤顧盼，白玉相磨礱。太素既不緇，亨衢闢蟾宫。回頭憶三益，感嘆常靡窮。

中歲懷長鋏，驅車遊上都。霜寒結馬尾，風利摧人鬚。遥望黄金臺，近在天一隅。郭隗竟安往，從誰尋狗屠。上書不見報，再來仍故吾。欲歸未得歸，搔首屢躊躇。

東策漁陽蹇，南浮清漳河。飛鳥雖有託，流光日蹉跎。登高望故鄉，常恐元髮皤。髮皤不復元，抱璞還巖阿。收召舊朋好，竹素重編摩。一叢苜蓿花，枯菀姑由他。

壁間聽絲竹，尚有三生緣。山棲甫二歲，捧檄之金淵。措大老頭銜，不煩議改鐫。春秋兩祭丁，斃薧雙廡前。牲酒得肥香，豆籩能潔蠲。即兹算報稱，餘日長高眠。

寂寥寄冷署，清絶真無比。欠伸屋打頭，舔糠才及米。幾幾寡生趣，續續來彼美。太邱好壎篪，南宫賢喬梓。逢人必説項，虛譽隆然起。遂使草元亭，争亭問字履。

掄才值嘉會，拔幟多門牆。傳薪雖可樂，那忍忘梓桑。梓桑山水佳，風月足徜徉。元亮賦歸來，三徑猶未荒。有松自偃蹇，有菊時芬芳。北窻偶高卧，一枕仍羲皇。

不道求蕭閒，轉干造物忌。邊庭纔火鼓，白日復魑魅。顛頓十年中，諸艱幾歷試。魂招天外回，痛定有餘淚。翻覺羈旅時，尚免非常累。洗耳謝喧囂，商巔尋綺季。

高標多夙契，還往有羊求。那知二三子，次第埋荒邱。舊醅誰共酌，新詠誰與酬。出門臨永路，行道盡悠悠。風雨雞鳴夜，憂思不可瘳。餘生能幾何，任運師莊周。

苦雨

積雨連旬黯築場，田中早稻半生秧。收回板屋仍霉變，乾穀何曾得上倉。古諺：秋丙陽陽，乾穀上倉。

金烏望斷暮雲收，我與鄉農共此愁。恰有雞冠能冒雨，庭前點綴一園秋。

中秋得月喜占

雨聲日昨尚喧豗，生恐今宵月不來。畢竟天心愛佳節，未憑絃管自吹開。

日夕遥空絶點塵，早從海嶠湧冰輪。瓊樓玉宇吟詩客，知是前身是後身。

尋常坐不到三更，苦把清輝負月明。今夜竟忘蓮漏永，祇緣久雨得新晴。

南樓高處厰疎寮，顧影深慙白髮飄。讓與素娥能耐老，照殘千古可憐宵。

彈指歸來十一年，蟾光曾見幾回圓。欣逢破格團欒夜，眼底兒孫又各天。時長子赴都，三子在故居侍母，次子又以事去州，長孫伴讀，亦因收穫回去。

非關膝下少勾留，鐘鼎山林有所求。剩得老夫成獨自，自拈詩筆紀中秋。

秋夜集李供奉句

緑水明秋月，林烟横積素。銀河無鵲橋，安得閑余步。

白雲漲空谷，秀色難爲名。巉絶可人意，銜杯惜未傾。

天風難與期，新賞成胡越。一日劇三年，徒悲蕙草歇。

故人不可見，木落秋山空。晚酌東窻下，臨風懷謝公。

散步見枯蛛有感

日暮商飈聲索索，窻前吹墮蜘蛛殼。枵腹已盡春蠶絲，枯螯尚排秋蟹脚。想當結搆憑虚時，阻截蜚蟲任所施。偶爾冥行遭縛束，吞噬頃刻無孑遺。老饕一飽心難足，得隴居然又望蜀。微命幾曾吉網逃，機鋒更比羅鉗毒。檐牙屋角巧藏身，日炙雨淋安有因。破敗自能勤補綴，精神滿腹誇經綸。誰知威燄終銷歇，倏忽勢窮嗟力竭。纔看粘壁似蝸牛，瞥睹繞林隨落葉。送到飄飄一紙輕，遊魂早失舊崢嶸。螻蟻欲噉苦無肉，苔蘚暫留空復情。階下沿洄正徙倚，飛揚又逐淒風起。逐風起去之何鄉，感歎令人歎不已。乾坤一樣可憐蟲，争似吟蟬位置工。一生吸露表高潔，委蜕猶堪歸藥籠。

芙蓉引

昔年留滯錦官城，秋水芙蓉照眼明。今日歸來秋水外，芙蓉依舊紫雲生。芙蓉兮芙蓉，我非爾之主，爾胡偏我從。可惜同遊花下客，邈然如隔九疑峯。邈然客竟在何許，幾度問花花不語。欲采芙蓉却遺誰，綿綿芳草空遐思。

雨後即目

江上雨聲歇，寒烟緑欲流。此時消受好，惟有老閒鷗。鷗閒不近人，行止適其適。倚杖企清暉，勞生誰可及。

斷雲如破絮，偶墮前山頂。驚起雙飛鴻，寥天去無影。鴻去幾時還，徘徊縹緲間。春風來歲早，遲爾一顏開。

重九前數日，雨中菊有綻者，因拈『菊爲重陽冒雨開』句，衍作七絶三首

菊爲重陽冒雨開，清香依約偪人來。主持自是秋風力，不待憑欄羯鼓催。

寒烟縷縷罥蒼苔，菊爲重陽冒雨開。不怕白頭被花笑，十年前已賦歸來。

百歲秋光過客催，牀頭檢點發新醅。莫教雅意成孤負，菊爲重陽冒雨開。

候蟲吟草卷十六

戊辰下

九月十九日，有野彘突入州署大堂，爲衆役擊斃，或援『野猪還愿』俗語，謂爲休徵，占此志慨

休咎原來並有端，蒼天從不世人瞞。何緣豕禍分明兆，尚把嘉祥媚長官。

雪霽

雪霽望前山，殘陽滿高樹。誰家荷笠人，吹笛烟中去。

冬夜雜感再次少陵《秋興八首》韻

頹老未忘翰墨林，一燈如豆尚森森。踢翻窠臼争千古，謝絶塵勞惜寸陰。斗室半間清夜氣，梅花幾樹驗天心。纖縑纖素俱平等，閒却秋來搗練砧。

户外遥峰碧磴斜，勝遊那復記年華。籋雲不插塵中脚，貫月遑乘海上槎。閒向狗屠求把臂，嬾從龍女學吹笳。金釭久共連錢冷，底事欺人重作花。

寒霄夕夕盼星暉，生恐旄頭彗紫微。妖氣幸隨殘雪化，詩情又逐晚霞飛。虞卿老去書仍作，杜曲歸來夢不違。擁鼻支頤吟向火，人言清瘦勝痴肥。

位置由天我亦棋，楸枰狼藉雜歡悲。攀鱗事業成虚願，繡虎才華異昔時。自賦小園安庾信，誰憐殘錦付邱遲。回頭一瞥分今古，消息那堪過後思。

幾瓣旃檀冷博山，氤氲仍在有無間。窻因待月徐徐掩，門爲尋詩緩緩關。難得高朋娱永夜，且憑濁酒散襟顔。逍遥讀徧南華集，實事徵求到馬班。

推敲半借玉搔頭，溷跡騷壇舊有秋。漫詡孤懷同雪亮，儘多春憾替花愁。昂藏卓立雞羣鶴，自在清閒澤國鷗。不道故山歸臥後，頻年烽火震邊州。

辟寒無計丐殊功，炷竈長圍小閣中。磊砢自全松柏性，顛狂誰問馬牛風。犧尊遠映澄波緑，獸炭平分落照紅。但使殘年消受好，頭銜合署信天翁。

昨從周道賦逶迤，荷芰飄零彼澤陂。芳訊已空來夢草，行雪猶戀合歡枝。應知黍谷春原在，肯信葭箫冷不移。檢點敝裘過小雪，霜華奚礙鬢絲垂。

閒居八首仍疊前韻

安排養拙老泉林，環堵蕭然帶草森。駿骨千金羞薊北，蘭亭一序愛山陰。評花酌月隨清興，掃葉烹雲愜素心。剩有奚童堪澣濯，纖纖那待女嫈砧。

竟歲推敲帽影斜，風前忘却鬢絲華。呼兄顛拜奇礓石，訪友閒尋釣客槎。無復元戎來小隊，幾曾老淚落悲笳。案頭一管貍毛筆，夢裡還生五色花。

殘雪山椒漾落暉，水晶宫殿認微微。溪雲不復爲霖起，塞鴈從教作陣飛。三暮三朝饒散澹，一邱一壑足依違。粧臺借鏡襬褷影，尚比芝田鶴骨肥。

平生拾糞與敲棋，瑣屑無能不自悲。隴畝幸歸多難後，桑榆已近夕陽時。空懷厦庇千家冷，
翻惜丹成九轉遲。拭目榛苓勞遠望，西方何限美人思。

敬通故宅枕西山，幾代廉泉讓水間。葛憶荆妻歌采采，詩教稚子讀關關。風流豈必師陶謝，
家法由來樂孔顔。種得渭川數竿竹，年前孝笋已成班。

百歲誰人尚黑頭，靈椿何處問春秋。漫貪蝨簡雲霞蔚，且斷雞窻雨雪愁。蹴踏雄心憐櫪馬，
逍遥清夢穩沙鷗。須彌芥子須窺破，海外曾聞更九州。

崆峒訪道愧無功，南北奔馳卅載中。匝地塵昏三尺劍，極天浪擁一帆風。山高鑾徼蒸烟黑，
水下滄溟浴日紅。閲徧榮枯仍故我，前因誰問碧翁翁。

十載閒居幻險夷，疇能消息定平陂。嬾同狡兎謀三窟，權與鷦鷯借一枝。黯黯窮通安去就，
茫茫造化任推移。面城賦擬追潘岳，可奈多年白髮垂。

雪夜聞雷

隆冬天地閉，異事足心驚。雨雪方無極，雷霆忽有聲。玉樓摇鐵馬，銀海掣神鯨。休咎憑誰證，終宵百感生。

十一月二十日紀變

寃雲回首尚心驚，共膽千奴禍又生。底事鴟張忘遠鑒，公然豕突及中城。欃槍散去官無法，風鶴傳來夜有聲。義憤縱教能藉口，是非誰敢説持平。

阿房一炬逞蛙狂，豺虎吹唇徧四鄉。攘奪幾曾分黑白，誅求那復恕牛羊。滔天烈甚年前焰，騈首甘貽日後殃。應是邊庭餘浩刼，幾回醒眼望蒼蒼。

問天無路自凝思，兩樣沉迷一樣危。求芘未能翻速禍，尋仇不已竟成痴。烽烟影裡蟲沙伏，樓閣空中罔象移。失學究因違古訓，令人長憶正經時。

盆梅

山鬼啁啾幾夕中，無明火色徹西東。盆梅不解烽烟毒，雪裡依然放晚紅。

大雪行用東坡聚星堂禁體詩韻

一夜椶櫚戰葉葉，淩晨起見千村雪。稚奴縛帚喜欲顛，老子搔頭轉凄絶。爐火幾家慘不紅，山魈獨脚凍應折。莽莽平沙爪跡迷，深深冷巷蹄痕滅。裘敝難禁破曉寒，帽斜易惹置風掣。誰人謝室繼清詠，何處唐花分笑纈。搏來獅子縱明明，畫入殘蕉殊屑屑。僵卧此間曾幾時，灞橋舊夢去如瞥。笠簑想把漁舟問，搶攘怕從鴟義説。傍晚依然抱膝眠，布衾那管寒於鐵。

次日疊前韻

竟日紅爐燒槲葉，檐牙未化前番雪。鍵户寒光倍皎然，捲簾粉本真清絶。老梅幾樹冷尚花，修竹千竿壓欲折。羊羔酒少黨家豪，樵牧蹤多山徑滅。聞道當年破蔡州，鵝鸛聲裡紅旗掣。又聞袁安有高卧，日午猶未開眼纈。幾人此際淨聰明，餘子虛邪皆瑣屑。日昨狂吟學大蘇，風花過眼成飄瞥。世間事事俱幻泡，勝蹟空傳聚星説。白戰無須禁體摩，赤手原來没寸鐵。

消寒雜詠

氈鞵

脚插紅塵倦，飛鳧未有緣。冬寒愁白雪，鞵軟倩青氈。着處天機暢，行來地步寬。澗阿貞素履，清嘯足盤桓。

毛襪

結襪輕朝貴，歸來傲骨存。蒙茸雙足藹，藴藉一冬温。獅子形仍肖，鴉頭手莫捫。幾回登席罷，塵染了無痕。

絮袴

不肯誇紈袴，奇温絮自收。蘆花同皎潔，犢鼻足輕柔。冷任三更峻，僵無兩股憂。秋來高掛好，韻事亦風流。

薰籠

詎借南榮暖，消寒別有功。凡材尋炭墼，巧製託筠籠。斷續惟添火，提攜不礙風。更饒煨芋便，春意日蓬蓬。

燈壺

妙得煎茶趣，何庸諱熱中。燈光常耿耿，水氣自融融。饗雜瓶笙細，香先腹稿通。酌斟真意適，長此伴壺公。

火硯

莫恠文章老，依然火氣多。硯冰消底藴，筆凍免頻呵。親炙雲烟活，臨池水墨和。因教揮灑處，光焰尚巍峩。

李次星太守奉諱回粤，本年十一月起復來川，路經梅樹，彼此兩不相知，幸恕兒在州，得遂欵謁，蒙惠先輩名墨數幅，感而有懷

縹緲前身本謫仙，競傳畫法似龍眠。記曾惠我梅花卷，消受生香已十年。

解攜一自賦河梁，秋水蒹葭各異方。聞道烽烟同搶攘，不堪回首憶金堂。

雲軿何日返川東，咫尺桃源路不通。幸有痴兒能晉謁，替人細述別離衷。

名箋留寄表深情，老我聞風恨轉生。安得西窻重剪燭，環肥燕瘦聽清評。

小除日憶愿兒北上

北首燕山去，勞余望眼開。何緣經歲別，不見尺書回。報國心雖壯，思親念豈灰。門閭一閒倚，端的費疑猜。

傳聞換舟日，擬附火輪船。漂泊甯無慮，稽遲或有緣。魚沉遼海月，鴈斷蜀江烟。臘盡春回又，臨風倍黯然。

己巳

元旦試筆

和風甘雨兆新年，曉起開門淑氣聯。老去不知才思減，又磨古硯試花箋。

箋中花樣半模糊，七字哦成信筆塗。自笑欹斜蟲鳥跡，今年更比往年粗。

新正二日喜晴作

中夜雨聲歇，茅檐報曉晴。雲開千里淨，天入一窗清。犬喜雞應妒，《歲時記》：新正一日雞，二日犬。風調樹不鳴。祇虞鑾共觸，急切釁難平。倚杖蓬門外，晴光霧眼開。敷天同左袒，紫氣正東來。消息乾坤定，猖狂草莽哀。相期龔渤海，整頓濟時才。

早春漫興

據鞍那復逞精神，孤負桑榆又早春。著述未完心上事，往來誰是眼中人。吟朋零落詩懷冷，病骨支離老態真。姓字山翁如有問，爲言身是葛天民。

虎倀歎

《漁樵閒話》載倀鬼事，深愍其愚，然古今來似此倀者正復不少，因作長句警之。

恩怨從來分重輕，殺身之禍最愴情。縱饒力弱莫圖報，歷刼猶應幽恨生。人謂虎倀愚，其愚真無比。生爲饞口嚼，殁供威焰使。虎傷重把將軍弔，食肉寢皮不知效。僝軀忘却伊誰殘，以怨爲恩翻取鬧。閒話漁樵記大蘇，甘心鷹犬無時無。一朝失勢冰山倒，倉皇何處謀負隅。我思此事足殷鑒，傅翼陷人適自陷。須悟世間倀虎多，輪迴早向空王懺。

空棺吟

《元史》：番僧楊璉真珈發南宋諸陵，玉匣、珠襦攫取殆盡，惟徽、欽陵中杳無一物，方知遺骸實未還也。噫！金以空棺欺宋，宋顧不慮其欺，當時朝廷尚得謂有人乎哉！詩以志慨。

南渡君臣殊夢夢，金繒歲向金庭送。藉辭鑾輅求兩宮，遑惜編氓脂膏痛。今年謫劉錡，明年殺岳飛。秦頭壓日無光輝，奴顏婢膝爾何爲。奴顏婢膝圖沾丐，醜虜誰知多狡獪。不許生歸許死歸，歸時仍把宋人賣。雪窖冰天骨已寒，迎回龍輴竟空棺。倘非賊禿諸陵發，千載長教兒戲瞞。吁嗟徽與欽，父子青衣卒，太古以來無此辱。一樹冬青讓後人，殘骸猶聽杜鵑哭。

春雪三疊聚星堂韻

春色微茫纔柳葉，夜闌又試頭番雪。重衾瑟縮冷難禁，兩耳爬沙聲未絶。起來山已失青蒼，掃去徑幾迷曲折。匝地雖無及尺厚，遺蝗應早千畦滅。擬跨蹇驢蹴踏遊，翻愁短褐橫斜掣。摩𡏖凍筆續前韻，倏忽朝曦開睡纈。瀹茗敲冰不自嫌，叩門請火夫誰屑。苦寒消散幸三分，甜暖昭回欣一瞥。好我人能攜手同，豐年兆好從頭説。熱腸無處寄殷拳，擊碎案間如意鐵。

懷舊集句

春色滿皇州，長歌懷舊遊。東南飛孔雀，西北有高樓。即事已如夢，載軀誰與謀。浮雲日千里，天道邈悠悠。

杏花

消息渾疑雨後差，忽然芳信到檐牙。門前一樹開如雪，可算寒盧及第花。
朝來朵朵澹烟含，比似尋常態更酣。想得昨宵微雨後，有人春夢又江南。

社日

歸臥故山後，春秋社幾更。治聾何處酒，宰肉幾人名。節任枌榆換，年難老病争。劇憐新白髮，摧落復還生。

春歸故居道中占

作室謀難定，朝來又束裝。嵐烟迎馬首，石徑入羊腸。市虎村中問，山魈刧後藏。閭閻尚蕭索，極目莽蒼蒼。

即目

寂寞野人村，春風吹閉門。桃花紅雨落，柳葉翠烟昏。烽火驚初定，園林跡尚存。懸知茅屋裡，應有未招魂。

田子實刺史觀風，以西屬古蹟八首命題，客有諷余擬作者，江淹才盡，不能長歌，聊草五絶數章，以博一粲

飛來峯

巉巉石一拳，脚向壥中插。何處解飛來，問峯峯不答。

湛月亭

不見月中亭，惟餘亭上月。春風破曉吹，花片落如雪。

礐山園

名園倚礐山，搆自竹田叟。一樹老梅花，尚留孤鶴守。

藏書洞

古洞閟江干，藏書説無數。不肯傳世人，風雷莽回護。

洗墨池

涪翁羈泊處，洗墨每名池。可惜如椽筆，多年不作詩。

緑陰軒

古緑榕陰大，軒窻舊復新。蒹葭秋水外，何處溯伊人。

丹泉井

開元寺已灰，恰有丹泉在。來此學煎茶，莫忘山谷拜。

萬卷堂

書堂勝蹟留，卷帙鄉嬛續。枕葄此間深，疇能嘲白腹。

塵夢

香案何緣謫九閽，記來塵夢半茫茫。詩因刻早遭人罵，田爲歸遲悔徑荒。難得荆高時對酒，可憐臧穀總亡羊。鼠肝蟲臂渾閒事，一任輪回自主張。

淫雨浹旬，集杜詩排悶

峰巒窈窕谿谷黑，滄浪水深青溟濶。菱荷摧折隨風濤，雨脚如麻未斷絶。先生早賦歸去來，黄蒿古城雲不開。新鬼煩寃舊鬼哭，古人白骨生青苔。

猛風中夜吹白屋，前飛禿鶖後鴻鵠。老夫不出長蓬蒿，細柳新蒲爲誰緑。關塞蕭條行路難，孤燈急管復風湍。長淮浪高蛟龍怒，泥汚后土何時乾。

舟子漁歌入浦溆，江翻石走流雲氣。禾苗隴畝無東西，蒼茫不曉神靈意。松風澗水聲合時，杳杳南國多旌旗。皤然斑白更奚適，獨立蒼茫自詠詩。

曉晴喜占

昨宵夢乍醒，簾外雨聲歇。曉起盼前山，溼雲猶蘊結。斯須羲御來，煜煜晨光熱。緑篠罥輕烟，柳花舒醉纈。油油蔚禾黍，即目紛可悦。矧值妖氛斂，行同沴氣滅。可知上帝慈，關心此杌隉。昭蘇幸已見，自腐謹萌蘗。

嘲鸚鵡

緑衣詎比鳳凰毛，自詡文章壓輩曹。學語未成先學罵，前身想得是山膏。

靈心慧舌擅殊方，願爾回頭細忖量。一卷心經參佛悟，當年知否雪衣娘。

嘲蠧魚

一様人間溼化生，天教典册擅書城。祇憐飽食嫏嬛福，兩字神仙認不清。

鑽研日日費工夫，白腹依然似腐儒。一髮幾曾圓脉望，平生浪説古爲徒。

溪工行溪工本名蜮。

粤西男女同川浴，遺穢千秋流牝谷。不孕蛟龍孕短狐，至今猶苦溪工毒。含沙潛伏水中坻，伺影射人人弗知。中者殷憂及性命，剥膚豈獨成瘡痍。機牙自巧握狙擊。誰能防貉行，往往遭暗傷。我讀《春秋》見炯戒，半生顧影恆端詳。胡爲亦復逢彼怒，射聲不待來貉旁。幸有青銅足照膽，免教豎子逃膏肓。痛定重求除禳法，微聞噉此有鵜鶘。安得黄庭書百番，换來散布羣山峽。

新秋雨後有懷

一雨生嫩凉，炎歊去無跡。溼雲留玉柱，遮斷西山碧。宿鳥静啁啾，叢蕉時滴瀝。宛轉來蝸牛，延緣篆虛壁。旅懷不可道，欲捲心匪席。搔首憶前期，超然思遠適。坐愁烟霧深，重引夔魈積。

秋思

秋思忽不愜，振袂登南樓。白日落何處，遠山雲正浮。蟬聲仍婉約，鳥語更啁啾。劇想遺塵世，盧敖未可求。

空庭一葉墜，老樹失婆娑。秋色已如此，餘生知幾何。山中新鬼泣，地下故人多。俯仰看身世，憑欄怯放歌。

大水紀事

今年春夏交，淫雨多踰時。蔚藍幾蘚蝕，秋至尤淋漓。君不見烏飛七月月初七，織女牛郎相對泣。淚灑銀潢作怒潮，傾來下土疑海立。又不見城中鬼聚盂蘭盆，明晨重惹天瓢翻。蛟龍得勢恣戲謔，不爭溝澮爭籬藩。儂家老屋在州北，背枕西山號安宅。沉災底事逮清流，院落居然成水國。泛溢庭階尺許高，傭奴白足走波濤。射聲莫借錢王弩，那得天吴氣不驕。長空竟夕雄雷吼，電光閃爍金蛇陡。茫茫天地半蟲沙，生恐此身非我有。霽後幾番聞大都，崩隄坼岸無處無。黄雲千頃没如洗，慘目競傳馬喇湖。馬喇湖南壤最沃，閭閻數世勤耕鑿。一朝塵夢幻滄桑，冥渺元工難忖度。去年秋穫雨緜緜，斗米今年價五千。穗折禾摧又若此，哀鴻何計逃顛連。顛連消息憑誰決，豈有蒼黎自作孽。纔向羅刹奪命回，飄摇更罹懷襄劫。孤懷輾轉轉成痴，當路幸逢慈惠師〔二〕。請與庚辰蚤商榷，禍源鎖絶巫支祁。

【校記】

〔一〕『逢』，原作『蓬』，據句意改。

秋霽聞鶯

流鶯本是鳴春鳥，每到秋風聲悄悄。底事今朝報曉晴，緜蠻更比春前巧。一聽已堪驚，再聽疑韶韺。鼓吹詩思活，鍼砭塵慮清。回頭纍月羈城西，愁雲黯黯雨淒淒。絶少巡檐乾鵲噪，惟聞繞樹杜鵑啼。鏦錚矧復商飈疾，落葉哀蟬山鬼泣。洗耳怕值巢父牛，懷人空憶桓伊笛。日昨歸來桂閣東，六根未淨猶冥濛。那知睍睆花徑出，依舊秋水翦雙瞳。應接真教日不暇〔一〕，移宫换羽忘悲咤。宛然按拍老梅村，薊苑重逢王紫稼。嚦嚦歌喉入破時，箇中天籟問誰知。綺語漫傳白翎雀，好音終讓黄鶯兒。黄鶯兒，休偃蹇，老子爲君興不淺。會攜斗酒並雙柑，風前借把牢騷遣。

【校記】

〔一〕『日』，疑當作『目』。

讀楊升菴遺集書後

撼門一哭天爲震，宰相家兒真血性。殿下傳呼赤棒來，朝中大禮更誰問。可憐九死剩殘魂，竄逐窮荒稱主恩。塗粉簪花甘放浪，蠻童仡女相温存。消愁日把《丹鉛録》，轉盼牛腰成巨軸。知爲滇南絶學稀，留公使得奇文讀。遺墨經今數百年，開函幅幅猶雲烟。謫仙老去坡公起，鼎立惟公堪並傳。烺烺正集兼外集，賴有鄉人收散帙。先生全集乾隆間新都周參元重梓行世。一瓣心香憶桂湖，遥情長擬餘波挹。

讀《明史》偶成

打破一桶做一桶，皇覺僧雛真龍種。可惜晚年功狗烹，血痕半漬勛臣壟。干政雖峦禁貂璫，倚依轉瞬來燕王。太阿柄使中官執，茄花委鬼紛猖狂。祇爲殺機開創伏，挽回繼世遂無術。幸教氣節有栽培，九死猶多逆鱗觸。

衣葛翁

内披裘，外帶索，茫茫大地誰瓜葛。葛衣雖破不更新，縷縷殘骸終歲着。歌哭兩無端，乾坤成落拓。袈裟嬾學雪頭陀，知己時尋老補鍋。同是天涯有泪客，任人呼牛呼馬呼瘋魔。

補鍋匠

空拳莫救金甌缺，敢把補鍋嫌瑣屑。來學一人謝一人，生吞熱泪向誰説。鍋中原有憾，鍋外總無情。多年不見葛衣生，忽漫相逢涕縱横。幕天席地談心既，釘鉸不知何處去。

雪菴和尚

逐燕高飛入帝闕，緇衣捲去半邊月。鬼門有客學從亡，依樣葫蘆頂上削。楞嚴不誦誦離騷，擊汰揚舲歌大招。一葉讀罷一葉棄，餘音嗚咽悽風濤。風濤悽，泪如洗，水底湘纍唤不起，知心惟有馬二子。胡爲乎方物尋君不殉君，空教雪壓西山老佛墳。

東湖樵夫

麻衣痛哭恨未銷，析薪又見東湖樵。兩間大義一肩挑，溷跡市廛甘寂寥。芳訊倏傳新主立，舊君欲問無消息。扳髯遥企鼎湖龍，搶地呼天何嗟及。噫吁嚱！柴可拋，斧柯棄，爲識人間忠孝字。翻身下與彭咸遊，底用千秋留名氏。

三案謡三首録二

棗木棍

棗木棍，打小爺。妄男何處來張差，主名不得廷臣譁。夜半提牢細推究，馬李龐劉聲影漏，罪連勳戚本難宥。寬大幸邀太子恩，風漢讕言奚足論，獄辭願學梁園焚。戚姬不死如意在，反側已安鄭國泰，胡爲重貶王之寀。

紅丸子

方劑重輕須仔細，庸醫乃以君爲戲。臨危矧更進紅丸，因教一瞑不復視。有心誤，固當誅，無心豈得遂無辜。首惡不援許世子，當時斷獄真糊塗。軒轅弓劍悲難返，重定爰書亦已晚。何圖起用督漕年，翻案又有魏忠賢。

永和寺重修，李肖蓮少府屬題

古寺鬱崔嵬，知從何代始。殘碑出永和，因疑晉人趾。舊貫焕新宫，功成居士李。宊廇粗妥帖，龍象互排比。香火紛紛來，人天生歡喜。

道妙無終始，形勝有乘除。延緣百年來，荒穢忘爬梳。黃金佛面剥，碧蘚山門鋪。空堂飛蝙蝠，夜雨啼鼪鼯。老衲苦飢凍，禪同枯木枯。

咄嗟肖蓮子，極目增惆悵。祖德誦清芬，福田思保障。池開水月寬，橋亘飛虹壯。後果勝前因，心花徵意匠。了兹羅漢緣，諸佛盡回嚮。

承先幸已遂，裕後恐難憑。擬借翰墨力，永傳無盡燈。徵詩逮老夫，固辭苦莫能。自慙門外漢，未及窺三乘。勉爲述緣起，寄題顔汗增。

布袋和尚贊

和尚布袋，行坐相隨。忘却本來，不掛一絲。

和尚不死，布袋不止。不知和尚，何苦乃爾。

或云此中，别有天地。和尚無言，是乎不是。

畢竟有物，東妨西礙。要真解脱，放下布袋。

讀謝皋羽《晞髮集·西臺慟哭記》〔一〕

竹林已死阮步兵，千載空山無哭聲。晞髮西臺來皋羽，風濤又作不平鳴。自云宰相初開府，以布衣從無齟齬。不奈崖山宋祚終，廬陵血染薊州土。始哭姑蘇市，繼哭越王臺。終過嚴陵瀨，荒亭倍增哀。艤榜薦溪毛，悵望魂歸來。魂不歸來關水黑，化爲朱鳥噣焉食。《記》中語。悲歌擊碎竹如意，四顧茫茫天寡色。天寡色，天垂憐，風饕雪虐流江烟。馳去邏舟不得問，不然此記伊誰傳。吁嗟乎！文山報主一腔血，公報文山淚皆裂。七里灘頭慟未消，至今人比嚴光節。

【校記】

〔一〕「西臺慟哭記」，《晞髮集》内題作《登西臺慟哭記》。

梅花引爲元遺臣楊鐵崖作

鐵崖先生真是鐵，冷眼何知熱官熱。搔頭自岸華陽巾，梅花三弄標清節。一吹元鶴飛，再奏水龍吟。逸韻鏗鏘出十指，寒香隱約見天心。興朝屢下安車召，七十老嫗甯再醮。爲感殷勤訪範懷，箕子無須東海蹈。姑將禮樂修，不受簪組束。白衣宣至白衣還，未改梅花舊風骨。來迎倏報九華仙，賦罷歸全歸果全。恰憐零落一枝笛，古調難憑小鐵傳。《明史·楊基傳》：初，楊維楨客吴中，以詩自豪。基于座上賦《鐵笛歌》，維楨驚喜，語從遊者曰：『吾在吴又得一鐵矣！』

秋望五首用少陵韻

蕭瑟莽平蕪，秋風信不虚。烟寒巴國路，潮落楚江墟。哨野兵吹角，燒荒客荷鋤。老夫疏懶慣，奚暇註蟲魚。

回頭思往事，行邁每心違。露冷催花落，雲閒抱雨歸。奔波剛自定，放浪更誰非。坐對南山晚，曾經賦采薇。

秋意無邊濶，牽人感慨長。斗牛占劍氣，蛇鶴誤珠光。空憶邢和璞，難尋費長房。紫芝歌采采，盡室尚餘香。

老樹驚霜早，欹林葉半紅。珊撑猶戀月，玉墜不因風。險阻山川異，蒼凉宇宙同。何因收邁種，栽傍蕊珠宫。

久别鵷鸞隊，甘隨鹿豕羣。荷戈頻歲有，買犢幾時聞。淚氣攢成雨，妖氛散作雲。傷秋乏清趣，俊逸讓參軍。

先君忌日述哀

陟岵風悽八月天，雞豚再逮苦無緣。傷心子舍回頭處，花甲周來六十年。先君以嘉慶庚午八月三十棄世，距今同治己巳六十年，不堪回首。

半生飢走徧風塵，華髮毿毿剩此身。仰荷在天多眷顧，猶堪跪奠率家人。

溪毛羞澀紙錢粗，此後椎牛知有無。罔極恩深悲未報，虛名枉自竊通儒。

南唐宮詞

楊花落盡李花開，一目重瞳本俊才。可奈風流忘國是，江南早已兆檀來。

鳥爪仙人入禁宮，朱提歲藉雪花融。他年牽綴元妃去，左道從來少令終。

填詞譜畫不知還，終日昏昏醉夢間。半壁難留鼾睡地，更從何處念家山。

烽火驚殘續命燈，甘心面縛出金陵。底緣重賜牽機藥，應使曹彬感不勝。

道經栖鶴菴重次文東閣韻

寄跡當年逸興賒，箋天讚佛盡烟霞。鐘魚舊韻都零落，五色誰分老筆花。
禪門弔古願徒賒，無復詩情燦晚霞。到眼恰餘蕭寺在，優曇依舊現空花。

雞腦巖峽中即目

巉絶雞腦巖，何年五丁鑿。峽窄兩壁對，天長一綫豁。我來驚人坎，跬步防失脚。鬼車嘯有風，白日忽暝漠。逡巡不敢唾，小咳殘霞落。半日弇中行，鈎心門石角。幻恠入新詩，寒芒生作作。

歸途口占

不着遊山屐，經秋復幾春。玆學青蠅弔，依然行路人。霜飇動地來，老臉雞皮皴。禦凍恃籃輿，苦寒難具陳。回思少壯日，飢走徧風塵。犯雪長安道，裘敝忘苦辛。頹唐倏如此，振奮知無因。願結巢居客，長爲懷葛民。

己巳秋，夏子樹齋、厚軒昆季以余所著《五經集解》代付梓人，讐校之餘，賦此志感

生小事經畬，莊荒愁墨稼。循牆學請益，鼓篋勤觀化。圭竇劣容身，緼袍纔掩骼。奮飛苦未克，始願難中罷。顛頓歷三餘，苦辛忘十駕。幸教歲月寬，天與披吟暇。四載客京華，多年守黌舍。了無塵慮攖，暢好一瓻借。秘笈丐曹倉，鴻文資鄴架。粗將許鄭窺，亦復程朱迓。百家供騰躍，千秋憑上下。鈎元僕抽虎，纂要煤研麝。筍束歲籌添，巾箱零繭亞。三徑賦歸來，九轉存嬰姹。問字有侯芭，小冠同子夏。爲言屢刼勞，恐逐飄風謝。虚牝擲兼金，殘杯搜冷炙。剋期付剞劂，分校聯姻婭。自秋剛徂冬，鏤板半盈榭。我老重懷慙，人尤殊可怕。代薪魯論曾，覆瓿左都詫。亥豕細尋檢，焉烏嚴通假。眼花朔雪朝，指直清霜夜。落葉掃雖頻，販蛙疇作價。所期賢達流，尚肯狂傖赦。偭錯施繩墨，彌縫逮隙罅。庶幾不世愚，獲免通儒駡。

陳小山以詩集屬定，清新俊逸，迥絶恆流，《二酉英華》集中又添一健者，加墨既竟，題以短章

岃崱西山多，榛苓饒彼美。夙聞陳驚座，英妙近無比。瓊樹遲解渴，景行空仰止。天風日昨吹，萍約五溪水。急學蔡中郎，迎門忘倒屣。惠我示新詩，咳唾皆珠玉。宛如出水荷，秀色奪江緑。披閱雙眸争，迴環竟夕讀。餘芳溢齒牙，雋永縈心曲。饞涎笑老饕，得隴重思蜀。烺烺楚遊編，八九呑雲夢。魚龍奔腕底，詼詭不可控。寶璐燦星冠，衙官卑屈宋。擬結飛霞珮，藺雲相伯仲。跛牂翻自慚，仙驥難追從。

琛《經解》成，賦此誌愧

上世圖書富，飄零亂刼灰。疑團千古積，生面幾人開。妙有心心印，源因汨汨來。熙朝宏纂録，雲漢得昭回。

幸際同文日，參稽大有師。偶逢鼉脱繭，遑冀豹留皮。棃棗因痂嗜，麻沙寄管窺。書成翻自惜，此舉太詅痴。

偶占示諸孫

俯仰一身世界，原來海濶天空。阮籍惟憑白眼，冥行自取途窮。
人能隨處行樂，清瘦何須食肥。任是五張六角，依然魚躍鳶飛。
存得胎胞蠢氣，還他造物靈根。一朶妙蓮不染，聖賢入德之門。

編詩

頻年養拙在泉林，雪影從教短髮侵。結習尚餘豪氣在，秋來又作候蟲吟。
强顔兩度付麻沙，敢向騷壇詡作家。爲是生平多浪迹，不甘零落在天涯。
老嬾于今不自聊，閉門無復事推敲。蒐羅故紙酬痂嗜，誰與元亭代解嘲。

庚午

新正晚眺

老嬾忘拘礙，閒行水一涯。臈殘仍有雪，春淺尚無花。畫意開空翠，詩情澹晚霞。歸來天已暮，新月又窻紗。

吴捷三少府自川北來，遞到李次星太守見寄梅花長幅

還雲曾過西江濱，咫尺離懷未得申。宦海幾經新歲月，梅花猶是舊精神。寫從涪水冰霜夜，寄與天涯草莽臣。愧乏玖瓊難報李，冷香孤負隔年春。

雲樹蒼茫正夢思，開函瞥見畫中詩。端詳玉照前身影，髣髴龍眠覿面時。到處江山供作料，無邊霖雨待恩施。何緣兆尚三刀杳，竿竹鮎魚我亦疑。

李題畫詩頗有牢騷之意，再依原韻賦七絶一章

青蓮居士謫仙班，五馬重來未補官。留滯周南休嘆息，梅花風骨本高寒。

擬古二首

翳翳桑榆日，戎戎桃李花。翩翩游冶郎，蕩蕩忘持家。朝挾黃金鞭，暮策犁眉騧。豪華費白日，醉臉瑩朱霞。馳逐不知疲，自謂樂無涯。倏忽上北邙，莫附玉勾斜。徒令道旁客，咨嗟復咨嗟。

勞生誰百歲，百歲亦須臾。曜靈且西匿，况此血肉軀。古人不朽三，慎始有前模。寸陰自珍惜，舉足嚴步趨。舜跖所分界，人禽判一途。踐形果克肖，浩氣彌天衢。奄忽物化時，終不愧眉鬚。

三月十日兒愿自江南回，小詩志幸

連年鴈杳復魚沉，老子難言不動心。見説武陵行已近，宵眠纔得去氊針。

侵晨乾鵲噪檐牙，行李公然晚到家。小閣芸窻增喜氣，夜來依舊有燈花。
底事京華去不成，搔頭悽惻欲吞聲。燈前痛指離離影，柴立清於阮步兵。
作人原不待爲官，琹劍歸來地尚寬。好把孱軀勤護惜，團欒蓬蓽有餘歡。

初夏散步

柴門閒倚杖，蕭瑟此行吟。花盡山無色，雲留樹有陰。爨桐誰入聽，櫪馬自關心。不死知何極，筳篿甚處尋。

吴旭峯學博約避暑栖鶴菴，有事未果

塵囂無地覓清凉，作達難消夏日長。忽憶招提栖鶴處，茂林修竹足徜徉。
蒲葵有客約連鑣，已把行踪訂隔宵。底事名山慳一到，嚮禽不得共遊遨。
趨避原非得失關，偏教老嬾不能閒。看來行止皆前定，且把豪情一筆删。

讀黄仲則前、後觀潮七古題後

宇宙奇才本無獨，枚乘過去黄君出。觀潮共此廣陵來，先後同工忘異曲。我昔披吟《七發》篇，崩雲沃日聲連延。夢中往往百靈集，耳目至今餘喧闐。昨讀兩當兩當軒，黄君詩集名兩七古，腕底又挾蛟魚舞。銀濤海立摇横坤，蚓竅蠅聲何足數。潮長潮消衹等閒，盪胸詠詭偏難删。一文一詩各光恠，精氣長留天地間。老子錢塘苦未到，起躄伸傴儼親造。瓊崖冰岸變呼吸，野魅山魈困凌暴。惜少翻瀾筆一枝，騷壇未敢張弓旗。千軍敬讓兩君掃，搔首姑成紀事詩。

在州局數年，白鹿井、午沙泉均相去半里而近，未暇一遊歷也。長夏無事，偶與吴君旭峯、楊君蓂階信步訪之

覽勝偕同志，尋幽愜素心。蒿稀何處鹿，井舊已無禽。暮氣來天地，寒流變古今。茫茫增百感，聊此慰苔岑。

不盡興衰意，神泉問午沙。徑隨流水轉，牆帶緑陰遮。一井涵空濶，三朝閲歲華。故家誰與認，點點但歸鴉。

讀書

讀書有味忘老，此語聞諸放翁。我亦殘編幾卷，披來小閣清風。

稍稍放開眼界，紛紛弄出疑團。解人何處堪索，明月飛來一丸。

妙藴乾坤不盡，古來日月常新。但教自有心得，牙慧何須拾人。

秋夜集放翁句

半世天涯倦遠遊，神仙富貴兩悠悠。壯心未許全消盡，秉燭揮毫氣尚遒。

幽澗泉鳴夜未央，菊花天氣近新霜。此身且健無餘恨，人事還隨日出忙。

尋梅

連日痴雲壓屋重，山前山後雪無縫。爬沙聲斷月微明，一夜冷香清入夢。嶺頭應有梅花開，竹杖芒鞋來處來。姑射仙人醒眼纔，冰姿綽約笑顏堆。似笑老夫不知老，嬉遊更比少年早。我亦無言謝彼姝，俗塵暫借清風掃。

辛未

元日書感

半生獻歲祝新年，父子奔馳各一天。此日椒盤仍莫共，團欒枉説勝從前。

哭子

長子愿謁選北上，病阻金陵，去春歸，已極憔悴，醫治久之，今正稍有起色，伊自以爲不礙。余生平亦瀕於死者屢矣，而卒無恙，因亦信其可不礙也。燈節後乃往應龍池書院聘，不意未及就館，遽以凶耗聞。占此述哀，並藉以自訟云。

藐躬圭璧少磨治，釁積瑕生不自知。冥譴因教垂老日，三旬亡媳又亡兒。

東風吹轉西山雲，病骨支離已七分。底事雄心猶未艾，愈時依舊擬從軍。

幾番虎穴與蛟濱，奪得烽烟隊裡身。自信此生天不死，肯將奇績讓他人。
無端烏有搆重洋，昭雪連年未有方。消遣牢愁甘縱酒，那知酒病已膏肓。
病到膏肓覺已遲，黄粱未熟斷朝炊。雙睛炯炯終誰視，知爲高堂白髮垂。
青鼇事業本難圓，身外浮雲不聽天。畢竟到頭仍畫餅，空留老淚濕黄泉。

重到龍池書院

問字情殷苦莫辭，權收老淚擁皋比。徘徊室有重來燕，旖旎花多别後枝。過客光陰增歎息，關心桃李勉扶持。碧紗已少殘籠在，難向牆陰覓舊詩。

瓦硯步何太史子貞韻

太史按試酉陽事竣，幕友師小山於大酉洞得古瓦，背刻大鳥形，先生定爲東京時物。小山手製爲硯，甚佳，因賦七古一篇以張之。竊思酉於漢固屬武陵，然寺觀臺榭均無考，此瓦不知其所自來，似未可徵信，但有此一段佳話，亦足爲偏隅生色。辛未春，得讀《東洲草堂集》，勉和元韻，婢學夫人之誚，不暇避也。

古蹟微茫不可問，邊疆莫若武陵郡。商盤周鼎杳無存，流風何處尋餘韻。况復考訂競雌黄，舊物誰知真吉羊。古祥字。漢室觚稜委荆棘，安能金雀猶遠翔。小山師氏嗜蒐討，勦校宗工來西陽。石墨鐫華豈讓趙，山東考古甯輸王。偶於洞腹得奇瓦，鳳翼開張輝原野。銘詞雖少逐雙魚，異樣居然等千馬。什襲攜歸日摩挲，喜心翻倒笑口哆。鬼斧神工自雕琢，硯成光奪秋燈炧。何公博物今罕儔，崢嵘長歌手親寫。模範定作東京製，幕中名碩争玩把。嗟我生兹七十餘，耳庸目俗迷高雅。桃源屢從漁父過，麗質恍同凡礫舍。憶昔也爲入幕人，嬉遊歷徧潞河濱。過眼風花皆泡幻，歸無一物空逡巡。始知造物殊狡獪，非時未許窺茵藟。香姜重擬仙源覓，洞口茫茫惟白雲。

題饒聚五詩集

瓊枝飫領態翩翩，得見瑶華尚有緣。一味白描天趣活，騷壇誰似李龍眠。

有才無命理難知，風雨年年悵別離。捧檄未酬將母志，淚痕漬徧蓼莪詩。

痴心恰欲問高柔，室有賢媛互唱酬。底事謝家飛絮句，不教彤管國風收。

秋晚閒眺

孤館晚蕭騷，江天入望遥。鴈來秋有信，雲散月無聊。身世驚鶉尾，年華認斗杓。悽然塵境外，老態筆難描。

讀何子貞太史《峩眉紀遊詩》書後

我走紅塵四十年，勝游未到峩眉巔。嘉州一過一惆悵，名山咫尺難回沿。猿臂老翁真健絶，公自號猨叟。能將山骨窮雕鐫。巉巖巨壑兼寶刹，瑰奇收拾無遺編。撿點晴窻偶披讀，三峩飛墮雙眸前。想當絶頂憑眺處，東見晹谷西虞淵。旭日曈曈金鏡徹，佛光變現兠羅綿。幻身攝入辟支界，曇花瞬息仍秋烟。夜坐更聞眾籟息，重衾潑水寒難眠。老僧走把聖燈報，流星散落蚌珠圓。前燈方盡後燈續，一聖一燈千復千。是空是色兩莫定，何有何無誰究宣。回視崖陰太古雪，鎔銀晃玉長皎然。不隨刼火灰銅殿，殿嘉慶間燬于回禄。人巧信輸天巧全。雷洞龍池伏虎外，蒐探逴惜芒鞵穿。三宿空桑足幽賞，又從瓦屋揮吟鞭。我疑此山與此老，定有石上三生緣。不爾簡書遭羈紲，安得逍遥腰脚便。試看秉節皇華使，頻年瓜代同西川。校士衡文日不暇，奚暇此間尋普賢。微聞虎臣蔣太史，棄官歸隱曾公先。畢竟新詩無一字，茫茫宦海空逃禪。

龍池感舊

昔年硯食寄龍池，座有高朋樂不支。庚鮑祇今零落盡，蒼涼獨立晚風時。

晚來無處問苔岑，對此茫茫百感深。恰有青山青不斷，依然排闥慰閒吟。

長子愿亡後，於行篋得殘稿二百餘篇，擇其可存者録副拙選《二酉英華》詩集後，草此志慨

少年龍性頗難馴，不肯低頭學隱淪。大戟長鎗甘屢試，想同鷹隼出風塵。

北首燕雲計本疎，秋風秋雨病相如。江南兩載空留滯，宰相曾□一上書。

憔悴歸來疾莫瘳，遷延屢月竟彌留。行囊剩得詩多首，了却浮生五十秋。

翎飄孔翠枉高冠，畫餅懸知不朽難。揀取百篇隨驥尾，或留真面後人看。

補遺〔一〕

新秋晚坐

殘骸乞得老山莊，散髮前除坐晚凉。墻角月篩梧影瘦，檐隅風戛竹聲蒼。新秋到眼多疎落，舊事回頭半渺茫。剩有詩魔驅不盡，又隨二豎據膏肓。

（《候蟲吟草續集》卷四）

〔一〕馮世瀛畢生所作，絶大多數已收入全集本《候蟲吟草》中，然而仍有《初集》《續集》選録而《全集》未收者。作品既經作者編刊傳世，作爲整理者，未有不收之理。因檢尋前兩集尚存卷帙，將漏收作品匯集於此。

清明前夕客邸口占

親切唬鵑聽，閒愁隔夜生。有家歸未得，來日又清明。

（《候蟲吟草續集》卷五）

秋夜偶成

秋雲去不留，秋水清無滓。何處招琴高，相携乘赤鯉。

曾結乘槎侣，尋源到絳河。始知星漢上，依舊白榆多。

（《候蟲吟草續集》卷五）

夜感

有好易成癖，工愁恒鮮歡。靈臺清夜問，追配古賢難。

（《候蟲吟草續集》卷五）

浣花溪㈠

溪前老衲衣，一濯蓮花滿。何處惹緇塵，漫勞纖手浣。

（《候蟲吟草續集》卷五）

【注釋】

㈠本詩爲《錦城雜詠》十首之一。《續集》《全集》中之《錦城雜詠》均爲十首録六，兩相比較，後者有《洗墨池》而無《浣花溪》。

種菊（其四）㈠

爲怕驕陽槁，時時挈噴壺。痴童笑老子，沾體似農夫。

（《候蟲吟草續集》卷五）

【注釋】

㈠本詩爲《種菊》第四首，《全集》未收。

漁翁

清福羡漁翁，搔頭霜雪滿。是非兩不聞，自把烟霞管。

一領緑蓑衣，垂竿竟日坐。嚴陵去不回，高唱誰相和。

（《候蟲吟草續集》卷五）

訪友不值

踏雪到深山，主人去何處。芒鞋驗行跡，半入梅花路。

（《候蟲吟草續集》卷五）

古樹

蒼蒼看古樹，枝葉半枯槁。中有真氣存，空山長不老。

（《候蟲吟草續集》卷五）

春郊散步㊀

消遣窮愁學著書，棄來墨瀋欲成渠。不知門外春深淺，撰杖閒行日稷初。

涴地垂楊緑未成，玉虹橋畔水初生。烏犍似識寒猶在，自揀墻東暖處行。

榿林缺處亂飛鴉，逐隊兒童笑語譁。忽報風箏吹斷線，倉皇追過路三叉。
青旗摇曳夕陽邊，正是人家賣酒天。好向花間謀一醉，囊中恰有買春錢。

（《候蟲吟草續集》卷五）

【注釋】

㊀《全集》有同題之作，而詩全不同。

元夕燈詞（其三）㊀

火樹星橋雖兩無，魚龍頗覺費工夫。衰翁健步猶堪信，賞玩無須倩客扶。

（《候蟲吟草續集》卷五）

【注釋】

㊀本詩爲《元夕燈詞》第三首，《全集》僅録前兩首。

馮文顒詩

〔清〕馮文顒 撰

丁志軍 整理

叙録

馮文願（一八一八——一八七一），字石漁，馮世瀛長子，廪生。咸豐三年（一八五三）以後，先後以軍功保舉教諭、藍翎知縣、花翎同知。同治四年（一八六五），酉陽教會凌辱百姓，致教案爆發，清政府迫於壓力，下令緝捕率衆『打教』的紳民。時正奉命襄辦援甘軍餉的馮文願因被誣控率衆『打教』，亦被捲入其中。據馮文願自訴，官方『僅據一面之詞，未獲質訊明確，遽下等於皂隸奴臺』（《候選教諭馮文願遭教民誣控呈》），多次被審訊、羈押，前後長達兩年。時已退處林下、受聘纂修州志的馮世瀛亦受牽連，以老邁之軀赴重慶接受質詢，後不得不費銀數萬，『破財消災』。經此一劫，嚮以詩禮傳家的酉陽馮氏元氣大傷，深感屈辱與愧疚的馮文願亦受到肉體和精神上的雙重打擊。誣控案情得白後，馮文願性情大變以酗酒澆愁度日，身體每況愈下。同治六年（一八六七），馮文願北上謁選，因病滯留江南，未能入京，後在南京養病，替人作幕爲活，在此期間，與家人少有聯繫，直至同治九年（一八七〇）方歸。次年卒於家，終年五十四歲。

馮文願現存詩歌始作於同治六年離家謁選時，終於同治九年歸家時，自編於歸家途次，名曰《紀遊詩草》。馮文願去世後，馮世瀛在整理其遺物時，發現其自編詩草，遂從中選録可存者計一〇三題、一百六十七首，刻入《二酉英華》。此次整理即以《二酉英華》所收爲底本。

馮世瀛認爲，馮文願之詩『多悲憤語』，這大概是得觀其詩集全貌後的整體評價，亦可能是建立在父子特有感情基礎上的解讀。客觀地看馮文願現存詩歌，其在離家之初的作品多清新明朗，頗有博取功名、一展宏圖之志；自病阻江南、謁選無望後，雖意轉蕭瑟，思親心切，但并無過多憤激之語；還家前則因内心絶意進取，意轉坦然，而有終隱漁樵之志。

丁志軍

二〇二三年十月於湖北民族大學之修遠樓

登白墖

一墖破晴空，特立絶倚傍。選勝此登臨，寸心願孤往。落日大荒西，長風排浩蕩。今古遞乘除，披雲得遐賞。極浦晚煙□，平湖秋色莽。吹簫時一聞，寒林月初上。

無錫以下湖水清絶徹底，遊魚歷歷可數

湖水無纖塵，一碧數百里。石子粲縱横，魚浮影布底。放艇□中去，波瀾澄不起。印我鬚眉蒼，照我肝肺洗。愛極重生□，銅□借客子。□飲盡千鍾，吞欲雲夢比。

獅子林

夙聞獅子林，袤廣不盈畝。中藏邱壑奇，巖谷峻且黝。散步叩柴關，應門出癯叟。老屋列數椽，清絶空前後。堂下怒猊□，階前元豹走。冷雲時一至，五花披户牖。臨池薜徑闢，有洞獅張口。蹉曲學蟻穿，鱉行紆且久。天光漏罅隙，零碎如星斗。一咳應羣岯，都作蒲牢吼。竦然不敢留，出穴望高阜。壘壘更翻新，幻怪靡弗有。象嶺抱犀株，駝峯眠細柳。刀杖挺修羅，猿猱互騰揉。狰獰欲搏人，爪牙争攫取。迷路認來難，精神爲抖擻。想見主人翁，苦詣良非偶。

臺不築瓊瑤，繁華貽災咎。室不飾丹雘，高明魑魅守。繡虎寓文心，雕龍秘樞紐。填海異鳥銜，移山非蚊負。耿耿貫元精，隆隆鬱坤厚。化作千貙貔，藤蘿相結糾。險設等生成，寇狂毋敢掊。所以兵火餘，斯林尚依舊。麋鹿去姑蘇，麒麟在郊藪。大劫免紅羊，卓哉真不朽。

回舟無錫游惠山泉

曩作淞滬游，誤呼吴江艙。舟子急歸心，使船争馬快。風緊一帆懸，終朝千里邁。咫尺過惠泉，斯須不我待。望望小金山，奇奇留眼界。何當卜再來，了我行脚債。

回舟泊無錫，言尋第二泉。我行敢云倦，指日躋其巔。始發借輕舸，中流思渺然。江村滿荆杞，秋色澹寒烟。岧岧惠泉頂，遥望梯累千。夕陽指林薄，一笑吾其仙。

孤艇繫山門，蟬聲吟破屋。過橋穿野花，一徑入殘竹。零礫斷碑存，杈枒老樹秃。荒砌卧麒麟，頹垣僵蝙蝠。從前金碧交，但見蒼苔緑。日月有乘除，盛衰隨轉燭。來往風輪馳，妙觀天地獨。翻怪古賢達，途窮多一哭。

崔巍斗姥閣，勞築昭忠祠。我來紀其尤，入室讀豐碑。大筆揮節帥，質實無虚辭。千載此生氣，争之畢命時。每聞陰風號，陣壓天王旗。我軍因得利，神力仗扶持。白骨蔽平原，戰血凝碧脂。陳情麟閣上，狗馬乞蓋帷。丹心照萬古，廟貌壯宏規。與石同不朽，與山同不移。

隔祠珠玉鳴，知有珠泉灑。小憩過茶亭，嫩緑相將下。呼童試取煎，塵濁聊傾瀉。臨池俛金魚，是孰慈悲捨。活潑暢天機，悠然自陶寫。閟若魚無言，寓公真即假。種菊有婢枝，種松纔拱把。留取上方緣，以待後來者。

上方不可到，到來頗亦好。翻手弄浮雲，側身接飛鳥。回視下方□，都比塵埃小。誰與星辰摘，心期殘霞飽。忽然天風來，吹我墮烟筱。虎嘯與猨啼，恐懼且不了。歸歟盍勉旃，莫漫尋瓊島。升沉各有時，遠游徒草草。

金山

峭石摩碧空，橫江鎖烟霧。洪濤撼寺門，噴薄嚙山路。我從山裡來，逢山必延佇。仗策大關西，危岩一墖露。搴裳招儔侶，聯袂騁高步。補衲兩僧閒，懸梯百級赴。長風浩蕩吹，吹我層巔度。拂袖吐流雲，抉眥辨江樹。微茫水外洲，散集如鷗鷺。所憾刼灰餘，弔古生遲暮。夕陽勸我還，山靈留我住。蔥倩指焦山，詰朝期早渡。

焦山

羣雞正亂呌，東方日已出。柴門紫氣來，山遠送寒綠。奚囊行挈持，買舟金山麓。言尋隱者居，去好蝸廬宿。西風木杪生，片帆催迅速。鼓枻破飛流，驚波濺珠玉。野航人兩三，狂歌忘拘束。一瞬抵焦巖，白雲卧山腹。回頭望金山，奇情猶在目。

維舟蘆荻岸，霜華醉楓林。杈枒老松樹，曾作六朝陰。苔磴閟紅墻，蕭寺成古今。鼓認諸葛銅，爐燔周代金。墨寶搜瘞鶴，忠魂啼怪禽。名山住名士，相契自苔岑。歷刼錯過萬，伊人無處尋。彳亍渡叢篠，翛然生遠心。上方知已近，微聞鐘磬音。

修墖必合尖，遊山必絶頂。我行陟雲背，壯往亦何猛。崖磴上百盤，螺岡轉千仞。嘘吸生虹霓，咳唾散青冥。東望海門潮，西來華嶽影。爽氣挹空青，元精餘耿耿。萬古此狂瀾，中流一柱挺。緬懷山中人，黃鸝謝三請。高風不可追，雲拂衣裳冷。

衣冷夫如何，坐惹天魔惱。怕我上層霄，催我下烟篠。黑雲芥四垂，風雨心如擣。僧厨索齋筵，投箸爲草草。蒼皇寺門出，不覺漁舟小。急渡南山南，閃爍電光繞。咫尺北固樓，可望不可到。歸來脱芒屨，魂夢時顛倒〔一〕。何當卜再登，盡把塵容掃。

【校記】

〔一〕『倒』，原作『到』，據句意改。

北固

連日雨浸淫，北固游未踐。今晨忽晴霽，同志殊難選。破帽且當風，着屐免徒跣。去去城東門，踔騰絲縛繭。幸逢秋草萎，籍使淤泥淺。蹩躠到荒臺，舊礎空苔蘚。北固轉生愁，茫茫贈百感。手無尺寸權，補救其誰敢。更堪甘露寺，傾危争一綫。

甘露寺

江山稱第一，吴下悟浮漚。花草湮幽徑，簪纓猶古邱。矧兹小蘭若，衹合住緇流。雙丸跳日月，閲歷幾春秋。澹對金焦勝，翻懷童禿羞。紫陽無故院，遠景無層樓。有坡馬不駐，有石劍空投。荒涼城郭外，原野曠平疇。雁行指西塢，雲路何悠悠。

西塢

散步沙礫場，烟靄斜陽裡。華屋盡邱墟，村落叢荆杞。寺難隱士招，塢早藏春燬。繁會萬松林，零落都如洗。世變總滄桑，今古東流水。惟有白雲閒，高卧觀無始。晴嵐擁浮翠，流氣結成綺。天然古畫圖，江山鋪一紙。會逢餐霞客，白日生毛羽。

病起

人生匪病磨，詎識無病好。人生匪遠遊，詎肯歸家早。病起快如何，家居樂不少。寄言遠行客，知足盍自寶。錯擲千黄金，生買諸煩惱。且勿戀湖山，且勿求壽考。樸返身自安，神恬命亦保。

鯫生不服藥，一飲藥必盡。問其所以然，謂可却吾病。商兑喜早占，無妄笑成讖。苦從甘裡回，樂自憂中定。窮極乃工詩，艱難鍊心性。不由盤錯來，安肯降大任。古語良有然，憂患生賢聖。

心閒外患除，惟静可制動。養病亦如之，神清鬼不弄。杜門示德機，謝客免迎送。世事過浮雲，俗塵祛引控。周旋任自然，天衣合無縫。望之若木雞，他雞返者衆。以此例修凝，其言或有中。

曉過岳陽樓，風利不得泊，回望城闕，憮然成詠

昨泊城陵磯，游興陡遐引。遥望岳陽樓，烟雲殊井井。嚮晨必登臨，盡覽湖山景。卻被睡魔纏，更值寒飈振。箭激促歸舟，梭馳争息瞬。不覺岳州城，一帆吹過境。我聞起推篷，回頭衣急整。陽光正熹微，遠射君山頂。江豚破浪出，拜風風更緊。鼓擬打回飄，篙工死不肯。好景失瀟湘，交臂不得領。譬如大官饌，將食喉獨哽。又如神女來，臨御身忽屏。曩行每恨遲，此過轉嫌騁。一笑語湘靈，勝游煩再等。

擣鬼謡

渝郡城頭藏鬼處，新鬼故鬼不知數。桃弧棘矢稽天誅，縱横敢與人争路。在昔飫聞無鬼編，元精耿耿中天懸。陰陽劃斷幽明界，説鬼難爲地行仙。塗山況祀古神禹，鑄鼎象物神姦死。魑魅魍魎莫能逢，一洗山靈鬼窟空。女蘿薜荔靈均語，山鬼之歌亦寄耳。占星但記鬼臾區，衍數那傳鬼谷子。何年地與鬼方争，星野中分井鬼精。誰歟引此鬼入宅，載以一車忘叵測。初猶晝

伏松楸根，昏黃鬼火乃瞢騰。高明之家瞰其室，往往鬼哭天陰聞。年復一年鬼膽破，鬼計不思鬼獄墮。採藥偏無鬼見愁，弄人竟有鬼推磨。鬼雄黠者變愈新，鬼脚盤踞要路津。人鬼關頭争傀儡，一拂其意鬼薪置。豈真城是化人城，公然白晝鬼横行。陸離光怪雜詼詭，黑心符出藍面鬼。鬼皮高揭萬千層，鬼手竪撑百十指。鬼母張羅網天下，鬼頭鬼腦恣横架。鬼能搗鬼見分明，祛鬼無煩占鬼卦。太息人官失區處，高堂洞闢鬼門户。未防鬼蜮射含沙，徑許鬼倀威假虎。有客渝江觸鬼怒，鬼伯大呼衆鬼助。奇鬼猙獰競搏人，酒鬼羣分作糟餔。更遣窮鬼纏其身，眼前餓鬼皆比鄰。緩急有時邀繡佛，調停無計問錢神。鬼鬼淫昏貪莫比，長吉鬼仙呼不起。鬼食惟求免餒而，鬼臉那知靦可恥。厲鬼叫嘯楓林青，路鬼揶揄蕉雪腥。悠悠鬼國經年住，羇栖疇與慰飄零。昨夢騎龍朝帝閽，沉冤悃欵陳紫皇。皇赫斯怒整其旅，前驅終南老進士。閃爍雷公電母從，風伯雨師相繼起。鬼幽鬼躁歸掃盪，大鬼先逃小鬼竄。轟然一擊晦明交，彷佛頭焦兼額爛。頓教烟鬼化爲烟，掉臂狂呼喜欲顛。好夢驚回無覓處，但見一輪赤日來窗前。

虎邱書感

真宰策星精，雷公椎大鼓。轟然一陣落參旗，墮落吴閶化作虎。吴閶門外雲堆墨，吴閶日射斑斕色。大漠風狂咽嘯聲，遁土欲飛飛不得。耽耽逐逐垂饞涎，古往今來刼萬千。曾駐名仙吹鐵笛，曾經遊女泊歌船。幾代興亡悲故國，幾番裙屐弔花鈿。電光石火流年度，一瞥滄桑不知數。圖王圖霸幾人存，惟有此邱長似故。我來正值刼灰遺，壞墻旁撐老樹枝。燒影半留龍蜕骨，真形翻怪豹無皮。放眼乾坤色色空，千村萬落荆榛中。不盡山河餘瓦礫，可堪士女半沙蟲。彳亍虎邱行，太息千人坐。斷石荒苔鶴鼈稀，頹垣秋草麒麟卧。不逢吕祖與希夷，覽勝仍虚此一過。北顧虎牢遠，東起虎門愁。騎虎仙人孰去留，祇有劍池之劍鬱千秋，焰長萬丈不可收。爲助當陽平禍亂，夜夜光芒射斗牛。

買舟將泛西湖，會同伴有不願往者，遂爾中止

看山看不到西浙，竹杖芒鞋都減色。新從滬上買舟回，欲泛西湖趁秋月。湖水三秋平，湖光分外清。定可如人意，中流自在行。同船有客聞之笑，羊棗菖蒲異所好。君游興正豪，我歸思返棹。我不隨君君不妙，譬若三山可望何煩定可到。無言我亦聽之數，鼓打回帆日欲暮。行或使之止或尼，彼蒼者天良有故。況復于公墓，近對岳王墳。剛纔兵火罷妖氛，么麽擾擾猶饑鼴。待過數年塵俗掃，後遊應比前遊好。再來須作必傳人，肯教姓字銷沉不及錢塘蘇小小。

河凍

一夜朔風吹水蹙，平明静聽蛟龍哭。天公不許冒寒行，將船封入水晶域。夾岸膠凝數百艘，行人歎駭賈人愁。可憐計比沉舟毒，太息誰爲破釜謀。有客伐冰宵下令，冲冲擬把毛詩詠。缺戕破斧竟無成，以此干天怒轉甚。乘勢更來鬼姓滕，撒鹽飛絮紛横陳。直偪冰蠶歸縛繭，翻成白雪無陽春。滕六滕六休恃夥，驅遣重陰相折挫。從古數無往不回，理無平不頗。不信看同雲，遥天紅一朵。明日杲杲生于東，定有踆烏來救我。

周孝侯讀書臺

丈夫生不必斬生蛟，射猛虎，横絶聲名萬萬古。但能伏案學龍吟，回頭便是明良輔。君不見晉室之東周孝侯，三害常貽父老憂。一旦揮刀去兩害，低眉甘把先生拜。至今臺畔久無人，讀書芳型炳炳烺烺猶不壞。吁嗟乎，聖狂之念罔克微，舜跖之分祇幾希。不難立地成佛空門内，祇問當下屠刀放也未。

臺城懷古

穢德彰天四海塞，酗惡東昏甚紂桀。誰家州將起江陵，義旗可補金甌缺。蕭梁天子真豪雄，玉步改來一姓中。人言安輯徧黎庶，我亦皇圖推老公。可惜典型失宗旨，儒生不重重祆鬼。同泰寺墖築臺城，魔焰道場仍未悔。中原怪夢得妖徵，牧守收來叛國臣。謂可從容混六合，直教南北同陽春。旦夕蕭墻禍殃起，壽陽氣逼臺城裡。議和師自撤勤王，逆黨獻門賊入矣。淨居殿内蔬茹絶，貢御那來雞子百。可憐番語呼荷荷，四十餘年帝祚没。噫吁嚱，三度捨身希福庇，誰知得禍禍尤厲。人世争言佛子靈，佛子玩人終兒戲，不信請看臺城梁武帝。

淫霖歎

商羊舞後金烏死，鬼燈焰碧空山裡。重霾重把老蟾蜍，擠下銀河埋海底。垂龍無耳秋氣昏，亂行淫雨浮乾坤。天瓢傾瀉東南角，直疑地軸翻崑崙。竹落茭防豈不固，凌濤飛弩崩無數。可惜低窪萬頃桑麻田，變作魚龍蛟蜃往來路。雞犬人家苦近城，璞鼠巢樹雀栖甍。飢鳶不敢蹲懸釜，土銼寒漬蒼苔生。煅竈産蛙烟火絶，灑沉澹災思反側。吁嗟神禹不再來，哀爾民兮其魚鼈。我意蒼天本好生，聞此蜩螗羹沸聲，忍令雨師風伯久横行。會見羣靈集帝宫，召雷公兮驅燭龍，一掃萬里烟霾空。開軒不覺斷檐溜，果見羲和挂鏡磨青銅。

沙口大風

顛風夜作蛟龍吼，飛石揚沙無不有。轟然電激共雷奔，地塌天傾在沙口。鱗次相隨大小船，蒼蒼昏黑失鈎連。大船動盪如箕簸，小船飛舞如磨旋。水手篙工支不住，魚蝦竟與人爭路。忽逢一帶青泥濱，吹入羣舟作膠沍。我本在舟非在陸，居然小艇如魚屋。莫嫌傾仄不成眠，有岸回頭即生佛。須臾破曉風力微，拍手羣欣得所依。昨夜沉舟憂破釜，今晨出險透重圍。不是瀟湘降帝子，定由海若來天妃。石漁漫叟聞之笑，恰有一言爲衆告。履險如夷豈偶然，此理還須問大造。噫吁嚱！行路難，科頭三。晏起如廁一不冠，幾人内訟息狂瀾。惟有涉川用忠信，萬頃波濤由我定。

回舟將泝武陵，纜已解矣，忽爲大風所尼，泊晴川閣下，遂得徧覽諸名勝

歲暮歸心急似箭，布帆曉挂江之面。桃花徑指武陵源，有約重遊償一見。那知人願天不從，打頭漸起石尤風。初猶颯爽來蘋末，勉强支持仗舵工。頃刻蜚廉競作惡，驚濤駭浪排山岳。生愁失勢飽魚龍，回颿暫泊晴川閣。冥心静坐悟元機，仕止遲速各有時。不如捨舟占漸陸，遍覽

湖山或在兹。率爾登臨發遐想，破帽裹風憑孤往。回廊曲折歷層軒，更教捷步青天上。左漢水，右江流，刧火紅羊幾度秋。安得平川爲斗酒，洗盡東南萬種愁。振衣獨立龜山頂，天風吹我吟眸冷。到此公然出一頭，泡影空花看井井。人生得失那有常，往來日月徒奔忙。快遊再作桃源記，知否此願償未償。幾時擺脱名繮與利鎖，五岳閒遊無不可。鐵鞋踏處不曾穿，會見重來仍有我。

九日

不作登高想，登高負所期。望雲親舍遠，脱帽子心悲。舊雨荒苔磴，新霜護菊籬。茱萸無處插，斜日到書帷。

舟抵渝城

舊是覊棲地，蒼茫望眼開。人烟隨鷺起，晝鷁似潮來。城闕磚新補，荷香酒又催。居停爽心閣，暢好共銜杯。

東坡讀書樓

載酒尋遺蹟，憑欄動客思。樓成山有主，公後蜀無詩。縹緲揚雄宅，蒼茫李白祠。逸才同曠代，鼎力壯峩眉。

弔黄樓

藍李妖氛起，乘危瞰叙城。弔黄誰烈士，浮白問先生。鼙鼓當年急，風烟此日清。停舟尋故壘，彌望暮雲平。

袁僕還鄉

鄉書憑汝寄，書寄客愁牽。筆墨不能盡，夢魂相與旋。雙魚緘此日，千里到明年。旅食高堂問，平安好細傳。

忠州訪家十二容之不遇

別已十年久，路行千里多。所思人不見，相望客如何。湖海長途濶，星霜短鬢皤。再來未可定，離恨滿山阿。

夔州晚眺

高閣指夔州，登臨日夕秋。片帆來木末，孤墖擁江流。雲影忙争渡，濤聲遠上樓。草堂延望久，詩思滿滄州。

巫山

十二奇峯在，蒼茫望不真。香山猶擱筆，賦手幾傳人。過眼朝雲淡，前宵夜雨新。有臺登未得，何處薦江蘋。

除夕

忽忽歲云暮，羈懷倍惘然。遣愁無上策，留病過殘年。柳露宜春意，梅香欲雪天。家鄉千里隔，永夜不成眠。

送別陳孝廉咨堯公車北上、李別駕堯衢之官湖南

浹旬輕聚散，忍淚一舟中。與子各揮手，掛帆剛好風。驛亭春草碧，園杏上林紅。此去彝陵道，相思幾處同。

彝陵

陡覺寥天濶，凌風酒亦醒。江涵平楚静，山接大荒青。八九吞雲夢，微茫隔洞庭。彝陵行已近，望遠算初經。

舟次望岳州

地迴疑無路，推篷望一州。人家烟水曲，城闕畫圖留。墻影低於樹，山痕淡欲秋。蒼蒼飛鳥外，何處岳陽樓。

武昌

作客武昌遊，春懷繫客舟。晴川猶有樹，黄鶴竟無樓。地與吴天接，江隨漢水流。洲尋鸚

鵑墓，憑眺不勝愁。

赤壁

東南風可借，阿瑾亦能軍。漢火曾燒賊，吴船已化雲。中原誰一統，此壁定三分。髯叟題詩處，横江鶴不羣。

琵琶亭

亭剩琵琶古，兵荒獨未删。可人原碧玉，司馬是青衫。門掩閒雲護，窗開好月銜。匡廬知不遠，待訪讀書巖。

小孤山

峭石絶依傍，孤蹲一水中。江流渾不轉，雲影淡浮空。險奪焦山秀，奇争灧澦雄。相看兩不厭，晴翠鬱蒼葱。

揚子江望京口

揚子江頭望，何緣渡可飛。湖山猶在刼，今古盡同歸。無復前朝寺，空留隱者扉。時平宜素守，莫艷綺羅衣。

宿揚關

傳聞常鎮道，監督此州存。客久奇男賤，關嚴醉尉尊。布帆隨日落，山氣壓城昏。不敢高聲語，升沉未易論。

僦寄袁江喜晤楊光庭少尹

乘風難破浪，卸艇要車行。借得高人榻，遷同出谷鶯。談心微雨霽，揮手夕陽晴。可惜無多日，瞻雲重北征。

秋雨

竟夕瀟瀟雨，空階響未停。冷衾新病後，凉韻小樓聽。是處蕉心碎，誰家蝶夢醒。對牀在何日，相思滿踈欞。

早渡揚子江

順風船似箭，一棹渡秋江。初日雲霞曙，飛流水石降。狼烟沉遠渚，鷗夢破平矼。涉險歌方罷，銅琶又短窗。

崑山舟次即目

朝來看墖影，相對到斜曛。寒竟寥天濶，秋隨兩岸分。木棉開似雪，香稻刈如雲。莫再驚鼙鼓，蟬聲不可聞。

九日游滬登湖心亭假山

絶少登高處，名園今忽開。濤聲隨雨至，海氣壓城來。籬菊忙重日，鄉愁莽舊臺。湖心亭上望，澹對酒人杯。

送別友人

秋風吹落木，秋士正悲秋。揮手一爲別，暮雲千里愁。浹旬同繾綣，老我獨淹留。京口殊岑寂，應還憶舊遊。

正月十一日泊舟觀音門祝嘏

不著萊衣舞，於今又一春。菩提爲介壽，水月亦傷神。游子青衫老，高堂白髮新。諸孫團拜處，休説未歸人。

三至金陵僦寓承恩寺

僦寓來斯地，相依得舊知。計程三至後，行李一肩隨。折脚支陳榻，披塵下董帷。承恩前代寺，傾倒仗誰持。

春郊散步

浹旬微雨霽，散步出郊關。春水緑千里，野花紅一山。有懷隨雁遠，爲客得身閒。不作離家恨，家常夢裡還。

病中憶弟

一病連旬月，覊懷切弟兄。池塘曾入夢，風雨不勝情。白日逝終古，青衫老半生。衰殘無足惜，怕使老人驚。

瘦削人憐仲，奔馳我太愚。有方違古訓，不藥避庸醫。堂上勞將順，家常仗主持。祇愁成永别，白眼卧牀時。

篤實嗟予季，天懷本曠然。承歡如一日，猶子課長年。歲月催人老，關河望眼穿。更闌思見汝，病劇不成眠。

髮憶雙親白，情知作宦非。壯遊灰遠志，切病是當歸。骨肉情難恝，門闌夢不違。臨歧曾囑咐，娱老重甘肥。

楊二病危有作

此間無骨肉，病起仗扶持。那料河魚疾，難尋扁鵲醫。相依人共命，垂絶氣如絲。尚望神靈護，歸程可及期。

野廟古樹

百尺樹昂藏，撐持自一方。根蟠前代古，花帶六朝香。刼火經能避，霜皮瘦不妨。拊摩頻往復，回首暮烟蒼。

入湖口後風息，泛舟夜行

入湖風忽息，肅肅賦宵征。月老天無色，霜寒雁有聲。瀟湘逢雨斷，星斗曳帆行。恰少驚人句，魚龍聽不成。

晚泊南隄

漸有炊烟起，扁舟出洞庭。水涵三楚白，山暈一螺青。市遠魚應賤，時清户不扃。夜來少宵柝，寒意滿孤城。

朝過龍陽

墟里餘醞氣，朝來静道心。灘平知水淺，犬吠覺村深。木葉脱千樹，葦花寒一林。武陵知不遠，好共老漁尋。

抵家

失計是求官，歸來短鬢殘。親知驚老瘦，骨肉幸平安。往事從頭説，餘春拭目看。菊松猶好在，三徑足盤桓。

出門

多年孤負好光陰，到此長征恨不禁。小草在山非遠志，閒雲出岫本無心。及時霖雨誰爲作，勞我乾坤感獨深。萱草椿庭垂老别，可憐琴劍有哀音。

舟中值五十生日感賦 六首録三

箭激梭馳歲月忙，流光容易去堂堂。逢年兆啟三冬雪，攬鏡愁添兩鬢霜。宦海生涯甘冷淡，秀才酸味久評量。榮枯桃李尋常事，惟有孤松獨自蒼。

馮郎白首不封侯，慚愧當年筆浪投。戎馬可堪經半世，功名遑敢望千秋。能回沫水潛虬怒，難洗渝江落魄羞。畢竟多凶緣底事，等閒閱歷算從頭。

馬齒加長客裡身，竭來分寸數光陰。知非頓有假年想，寡過原從學易深。桐爨自餘焦尾韻，泉清那礙出山吟。風雲倘附垂天翼，葵藿同傾向日心。

白帝城

層巒終古鬱崔巍，絕頂登臨眼界開。躍馬幾人稱帝去，卧龍曾此託孤來。陣閒浦口烟横井，濤轉江心石有堆。難得老僧解人意，爲儂指點過山隈。

彭澤

彈冠人泛大江舟，陶令當年問去留。斜日半帆催過鳥，孤城一帶繞寒流。荒涼村落人烟澹，
完好城垣杞棘修。誰是急流思退者，歸來同醉菊花秋。

采石磯懷古

燃犀人去已多時，宮錦袍新獨寤思。何事泛舟乘月子，更誰拊臂破金師。興亡增感詩題石，
桃李無言花著枝。太息古來争戰地，可堪遺算撤藩籬。

金陵雜感

綺羅繁會古南京，蒿目凋殘淚欲傾。民氣尚同秋後葉，絃歌難起病中聲。荒墳野鬼茫茫感，
斷瓦零磚處處驚。休養十年知可復，三臺星向一江明。

雨花臺畔有衰翁，閒坐邀來問國風。紅豆村莊烟雨外，緑楊城郭畫圖中。那堪全局輸江左，
可惜圍棋失謝公。話到亂離嗚咽甚，聲聲都似可憐蟲。

城固金湯是石頭，無端飛渡刼灰留。懷人每下西洲淚，弔古頻生北固愁。桃葉渡江春不管，秦淮如夢水空流。更餘一段牢騷憾，如此江山百戰收。

元戎指日出城坰，循撫瘡痍刻未停。戰血都成千里碧，好山猶送六朝青。東征零雨象圖閣，南國甘棠樹作屏。化却干戈留俎豆，朝廷重望老人星。

黄天蕩

紅袖村中陣鼓催，中泠伏發敵心摧。江山半壁尋陳跡，戎馬全家憶將材。此戰儘堪王業復，餘威猶捲怒濤來。鸛河天不留遺憾，肯使騎驢壯志灰。

廣陵

螢苑瓊花事莫論，唐朝人擬問司勳。春風曲水剛三日，明月揚州果二分。數畝雷田空有塚，幾多簫管散如雲。惟餘繞郭邗溝在，嚮晚漁歌不忍聞。

鐵甕城邊一炬燒，最繁華是禍根苗。十年薄倖真成夢，廿四風光衹剩橋。無限枯榮原上草，多情消長廣陵潮。古來早有《蕪城賦》，元解誰能繼鮑照〔一〕。

【校記】

〔一〕『照』，原作『昭』，據句意改。

召伯埭

一隄蓄洩亘長城，想見經營謝傅情。無數狂瀾消白水，多年霖雨望蒼生。饒他棋着忙中局，贏得棠甘死後名。萬頃陂田回首望，澹烟疎柳不勝情。

淮陰侯釣臺

揀得蘋汀下釣筒，向誰鳥盡歎藏弓。風雲際會成千古，烟雨蒼茫寄一篷。無分磻溪隨呂望，空餘笠澤待嚴公。羊裘未得君恩渥，那許蕭閒箕潁東。

千金亭

草草孤亭得壯觀，等閒肯共刼灰殘。恩酬撒手千金易，圖報傾心一飯難。長此大名標俠骨，多時明月照忠肝。不平休作臨淮水，風雨瀟瀟薜荔寒。

漂母墓

巾幗鬚眉母本仙，往來人掃墓門烟。眼中餘子嗤劉季，方外傳奇漏史遷。飯熟青磁同一枕，香留黄土已千年。長安西去諸陵在，呵護誰如此塚全。

贈楊光庭少尹 廣東大海人

同是天涯作客身，悲歌慷慨總精神。照來肝膽明於月，蘊得清和暖似春。對酒不辭通夕醉，論交纔算此番真。勞君憐惜羈人意，賤子何因有夙因。

交遊到處不尋常，萬里孤懷寫異鄉。楊億已逢甘作賦，馮唐漸老愧爲郎。多情讓住延賓閣，懷刺愁登選佛場。太息孟嘗門下客，歸來空剩鋏聲長。

清江客寓即事

笳鼓齊東攪夢魂，無端小住借江村。盆花繞砌香成國，苔髮侵階緑到門。綽有奇書消白晝，招來野客話黄昏。杞人暫把憂天擱，蘚徑閒留屐齒痕。

歊暑炎天一醉空，精神爽忘日當中。千秋事業隨流水，兩字頭銜換寓公。排闥平分山遠近，
奇雲高矗玉玲瓏。沙鷗比我清閒甚，鎮日浮沉曲沼東。

茶竈安排更酒爐，故吾亦自笑今吾。叩門漸覺心知少，拊劍猶餘膽氣粗。可惜風雲虛遠志，
況教荆棘莽前途。勸人蚤作還鄉計，塘外殷勤又鷓鴣。

翹首鄉雲百感生，連番風雨不勝情。巨鼇壓我三山重，旅泊依人一葉輕。寄遠趁忙書帶草，
攻愁入夜酒爲兵。芙蓉開瘦連花蕩，轉眼頻看歲籥更。

如此頭顱奈老何，劇憐半世涉風波。銅人淚共窮途下，羽檄訛傳敗績多。報國奇才思武穆，
匡時偉畧憶廉頗。淒涼怕讀龜山操，赤手從誰借斧柯。

臨鏡心驚鬢有霜，客愁入夏日同長。經來險阻如雲幻，老去風情讓蝶狂。已分通衢甘裹足，
不堪歧路重亡羊。夜闌檢點南游草，一度披吟一自傷。

淮上中秋對月

如淮莫負酒杯寬，難得青天一鏡圓。斯夕幾逢雲盡散，半生多在客中看。瓊樓對影人如昨，

銀漢無聲露又闌。望切高堂惟有夢，夢時猶見舉家歡。

將適姑蘇留别居停楊少尹

離家四百五十日，下榻君家百五天。此去自爲千里别，相逢恨不廿年前。涉來宦境都成夢，看盡吴山或是緣。祇惜行囊蕭瑟甚，殘書惟剩兩三編。

過丹陽經張副戎殉難處

血染靴刀可奈何，將軍豪氣凜兵戈。拳揮赤手殘軍起，險背孤城轉戰多。難與蘇杭争福命，拚將頭腦殉山河。當年落日橋邊水，嗚咽無聲慘不波。

千秋奇節豈尋常，雷雨相持大敵場。生本英雄甘白刃，死猶餘憾在丹陽。東南自此無飛將，旄鉞誰何擁上方。卻有世間公道在，不將鑄錯恕平章。

人日泛舟淮南

不敢淮南戀酒觥，扁舟便擬下維揚。一年此日人當令，萬里乘槎客異鄉。淺淺春痕罨遠水，蓬蓬生意逗垂楊。遥知元夜金陵好，祇少同人共舉觴。

重到金陵，偕鄒子聲同鄉登獅子山

一年兩次到金陵，携手登臨客緒增。弔古共生遲暮感，冒寒同上最高層。鍾山落日無王氣，淮水澌流有斷冰。望屬蒼生君努力，馮驩原是客無能。

金陵寒食郊祭有懷

寒食東風着意忙，金陵郊祭客心傷。身如雁斷雲千里，愁并春來天一方。刺眼沙場皆戰骨，牽人鄉恨是長楊。遥知稚子從諸叔，承命依然奠酒漿。

三月二十一日祝嘏

失計晨昏兩載餘，康强逢吉祝興居。弧張遊子懷歸日，綵弄童孫索抱初。顧影真成千里雁，無方難寄數行書。病餘勉下鍾山拜，遥望長庚頌九如。

端午節移寓十間房養病

僦屋中天節自籌，門閭高大問前頭。江南卑濕宜多疾，老我頽唐合住樓。移榻便安清簟小，開窗如爲緑陰留。晚來更有無窮趣，澹對青天月一鈎。

九日同人登鍾山感賦

名山有約賦同遊，白酒黃花借解愁。破曉驚風喧落木，滿天寒氣偪高秋。何人屹立能千仞，我輩襟期第一流。著屐讓君腰脚健，等閒飛上亂峰頭。

疊嶂層巒豁眼纔，前朝陳迹認蒿萊。長江浩渺流今古，大海蒼茫孰去來〔一〕。踞虎更無王氣在，重陽惟有菊花開。邀誰問得滄桑事，一箇殘僧訪緑苔。

絶頂登臨俯大荒，那堪携手對蒼涼。六朝臣主終黃土，萬里風雲感異鄉。貼水遠天晴更濶，傲霜叢菊晚猶芳。思量欲寄西歸信，望斷遥空雁幾行。

【校記】

〔一〕『茫』，原作『忙』，據句意改。

泊采石用同鄉盧與行茂才韻

歸航剛卸布帆懸，舊夢重尋采石邊。西下日斜山擁翠，東流江去水横天。幾朝戰骨餘衰草，千古詩情剩一船。老去自慙劉越石，吹笳甘讓祖生先。

黄沙埂和與行茂才韻

莽莽黄沙入望遥，村前江水曳輕綃。其魚幸免今年厄，作室須防望月潮。前度哀鴻遵淺渚，此間斜日照平橋。如君好勵扶摇志，霖雨家家待九霄。

潯陽舟中與行壽予以詩，依韻答之

五十無聞敢望仙，回飄徑上米家船。携來琴鶴都成夢，悟到鳶魚别有天。滄海變生千古後，嶺梅開在百花前。兹遊宦隱全無着，慚愧洪崖許拍肩。

不是前賢畏後生，生愁龍虎性難馴。願爲江海尋常客，聊寄兵戈閲歷身。放眼蒼蒼空著我，到頭事事不如人。百年過半猶如此，愁對匡廬説蜀岷。

半壁山次與行韻

半壁飛來勢宛然，一江關鎖楚南天。披蘿帶荔來山鬼，劈浪分流過水仙。前事幾回經戰伐，真形依舊舞龍蜒。歸帆卸後漁歌起，皎皎當空月正懸。

黄州晚眺用與行韻

日落飛流接大荒，黄州晚景足徜徉。涵江雁影成文字，隔岸烟痕認武昌。懷古怕聞横槊賦，對君翻憶少年場。從戎早擲班超筆，莫以蕭閒誤主張。

夏口送别與行茂才

唱到驪歌竟惘然，關懷携手楚江邊。生能並世原非偶，交到忘形不問年。郭李同舟仍作别，向禽游屐更何緣。春明且訂都門約，莫等覊人望眼穿。

搜奇嗜古讓才華，却有精思未便差。鑄史鎔經關學問，湯盤禹鼎辟龍蛇。須爲大雅扶輪手，莫作尋常數典家。奪席金門宏遠抱，可能知己慰天涯。

登黄鶴樓

舊歲過鄂時，空苔礎耳，今則層樓複閣，焕然一新，節相李侯力也。詩以誌之。

署展經天緯地功，危樓依舊矗城紅。基從剩水殘山拓，勢比飛雲捲雨工。萬里波澄江有影，九霄風定日當中。釣鼇滄海來遊客，翹首天南指斷鴻。

四面晴嵐入望收，天涯王粲此登樓。祇嫌一去無黄鶴，猶幸同來有白鷗。脚底烟雲生夏口，眼前亭閣占吴頭。是誰雅抱登高癖，不到層巔不肯休。

絶頂河山起廢材，公然結構又層臺。平章木石原非癖，整頓河山也費才。閒日倚樓初月上，古愁横笛一聲來。落成自有真人想，雄視荆南快舉杯。

相公此舉豈尋常，掃去狼烽妙主張。憂樂幾般歸滌蕩，東南一氣控青蒼。空憐漳水埋銅雀，懸望金陵葺鳳凰。廣厦千間家萬户，有人遥待老平章。

柳溝坡早行

早起愛山行，凌虛難共賞。來往寂無人，獨步青天上。

大堤曲

朝從大堤游，暮向大堤宿。大隄不見人，並少垂楊緑。
春水緑半篙，野橋寬幾尺。裙屐問前朝，風雨鵑啼血。

過明故宮

禾黍蒙茸茁，閒花雜亂開。早無車輦迹，何處玉階苔。
複道閒雲入，荒城草自春。可憐金粉地，送過七朝人。

閒寫

泛艇畫中行，雨好晴尤好。渡口罨斜陽，炊烟白于鳥。

古寺響清鐘，烟迷不知處。鼓枻向中流，閒雲自來去。
柔艣聲初欹，城隅西日微。烏衣何處巷，燕子尚飛飛。
江南望江北，衣帶一條限。楊柳故依依，所思人不見。

滬上紀事六言十章

舊夢曾生幻海，兹遊已到上洋。可惜吴淞口隔，平川樹指斜陽。
駭浪驚波繞郭，松舟檜楫如林。盡日潮同起落，布帆穩卸江心。
戲本新翻秋末，班牌高挂春申。不識將臺遠近，頻歌白雪陽春。
砂磧修成夏屋，繁華最是洋街。那得羅刹粧點，天然鬼國安排。
蛟宫螺殻層盤，海市蜃樓高插。恍如阿育天王，八萬四千寶塔。
到眼牆垣粉白，門窗嵌遍玻璃。擺出珊瑚海市，炫人五色離披。

紅黑奇形數種，綿蠻怪語千般。何事奇肱鳩舌，平空飛到人間。
矯捷銅車踔地，飛騰輪火浮烟。瞬息梭馳電激，往來風走雲連。
濱海通商互市，浸淫直達漢江。却少金剛努目，争教龍虎能降。
要地是誰資敵，和戎竊比前賢。並蓄兼收雅量，包容世界三千。

漢口

三五年前尚廢墟，我來輻輳又舟車。回頭廛市經多少，除却渝州總不如。

竹樓

琉璃高亞女牆頭，悦目黄州舊竹樓。知有古人精氣在，不隨烽火蔽荒邱。

偶成

一晌空青自往還，浮嵐軟翠逗遥山。怪來畫意描難盡，都在濃晴淡雨間。

望金陵

杜鵑啼處勸停驂，萬水千山遠弗堪。恰有閒情拋不得，杏花春雨望江南。

袁浦樓

嘗記當年戰伐秋，雄圖都向一江流。興亡終古關何事，斜日無言下浦樓。

運河雜詠

柴門小小木欣欣，幾箇人家住緑雲。七十二沽烟水活，一湖春色要平分。

緑楊陰裡白沙堤，着色東皇一樣齊。管到落花春已嬾，隨風吹過畫橋西。

清溪

清溪幾曲繞秋塍，極目蕭條感不勝。畫舫歌船零落盡，兩三星火膹漁燈。

金陵雜詠

宦遊纔覺客遊尊，來去無煩問啟閽。祇恐三過譏不入，一帆先卸水西門。三山門

幾間破屋夕陽斜，草草勞人念豈差。原是春來梁上燕，傍人門户便爲家。九間房

菴尋妙相頭陀閣，四壁窗痕緑暈紗。如此亭臺工點綴，那無清夢到梅花。妙相菴

清涼不見前朝寺，野鶴閒雲一叩關。老衲有情翻惜我，來遲先指小倉山。清涼寺

荒亭風景足夷猶，四面雲山一望收。莫道此行無眼福，斷碑零碣亦千秋。翠微亭

三山影落春痕遠，二水中分緑意肥。一自騎鯨人去後，等閒惟見白鷗飛。白鷺洲

豪華南渡算從頭，六代誰爲第一流。終古謝王無覓處，人間何事又高樓。烏衣巷

妙絶無愁與莫愁，南朝人物盡風流。如何清淺平湖水，也共勞亭一例休。莫愁湖

未能洞口作仙霞，絶代才人總落花。打槳試尋桃葉渡，無言西指夕陽斜。桃葉渡

雨玉雨珠兩不休，雨花終古此泉流。朝來取當濂溪飲，一勺何妨占上頭。雨花泉

壞墻無從覓誌公，到門松柏盡成空。劇憐敗瓦頽垣外，猶有園花映日紅。靈谷寺

兩三亭子繪柴門，湖外枯荷有瘦痕。刼火可堪灰燼後，幾家零落不成村。元武湖

枉從絶頂費搜求，弔古情深漸欲休。咫尺望湖亭並廢，何人爲指摘星樓。北極閣

冶遊日日寫吟箋，收作歸途壓擔錢。牛肉千斤羊百隻，笑他凡骨不能仙。

李堯衢以差來江甯，得寄家書，有作

相逢意外此停驂，怪底新詩妙獨探。帶有芷蘭香氣息，故人來處是湖南。

五日周旋笑語尋，送君情比見君深。臨歧珍重干何事，一紙家書抵萬金。

接傅春帆大令書，知劉篠石民部京華病歿，哭之以詩

輕肥車馬喜翩翩，梓里蜚騰最少年。四載京華剛鵲起，可憐再見竟無緣。

遮莫金門著作才，閒身祇合住蓬萊。底緣服食除烟火，從此人間去不來。聞以戒煙因致不起。

金陵中秋賞月和同鄉邵子方韻

河漢無聲耿素横，金陵秋色夜澄清。姮娥也惜佳時節，捧出銀盤分外明。

去年淮上酒如池，今日相逢祇一瓻。却喜夜窗銀燭冷，同人先賦十聯詩。

當頭妙鏡想圓光，聚首無多各盡觴。來歲都門知有伴，蟾宮一樹桂花香。

過小孤山和盧與行韻

博得聲名亞九州，叢祠非爲小姑留。是誰竊取荒唐說，添箇粧臺在上頭。

參天一掌此同擎，倒影涵虛入太清。想到世間豪傑事，中流誰是浪成名。

莫謂峩眉路尚遥，西來太華影迢迢。一帆風好山靈乞，送到成都萬里橋。

連日風利，快抵江州，適值生日，得見廬山，喜作

連日乘舟喜欲顛，東風借處布帆懸。縱難一日行千里，却喜江州在眼前。
前番願見惜成空，無限層臺烟雨濛。那料此行添眼福，天公壽我畫圖中。
嵌空簇簇玉芙蓉，秀奪蓮花雨後濃。爲示本來真面目，香爐許見最高峰。

武陵旅次編《紀遊詩草》有作二首録一

腰金騎鶴總心違，覺岸回頭悟昨非。恰有紀遊詩兩卷，此行差不算空歸。